Sobre o cálculo
do volume
2

Solvej Balle

Sobre o cálculo do volume
2

tradução
Guilherme da Silva Braga

todavia

#368

O que mais eu esperava? Que o tempo fosse um carrossel e eu pudesse subir e descer de acordo com a minha vontade? Que o ano fosse um rio que corre por baixo do meu dezoito de novembro?

Estou sentada ao lado da janela no quarto 16 do Hôtel du Lison. Somei os dias: 365 dias de novembro. Mas de que adianta? Como se uma pilha de um mesmo dia de outono fosse o mesmo que um ano. E de que adianta ir até o fim de um ano como esse e estar disposta a saltar? Ou a mergulhar? Após essa espera de um ano, o dezoito de novembro chegou mais uma vez, e assim eu poderia escapar da repetição no mesmo lugar onde tudo havia começado. Seria isso o que eu tinha imaginado? Um dezoito de novembro com portas abertas e passagem livre rumo a um tempo reconhecível? Talvez. Mas não foi o que aconteceu.

Ainda estou no meu dezoito de novembro. Já procurei uma saída, mas a saída não existe. Já procurei as diferenças, mas as diferenças não existem. É o mesmo dia, e agora já não sei como pude acreditar que por baixo de todos os meus dias havia um ano normal com um novo dezoito de novembro, que aos poucos se aproximava. Como se uma contagem do tempo mais verdadeira existisse por baixo, como se todas as minhas repetições fossem apenas a superfície, e o ano real estivesse protegido sob uma sequência de dezoitos de novembro. Como se um novo dezoito de novembro fosse surgir no fim do ano para me buscar. Ou então passar ao meu lado, de maneira que eu pudesse saltar para cima dele e deixar para trás esse turbilhão de repetições. Como se uma tábua de salvação fosse chegar flutuando, um novo dezoito de novembro capaz de me salvar desse mar de repetições, um pedaço de madeira que eu pudesse segurar e ao qual pudesse manter-me agarrada até alcançar terra firme, até ser jogada no litoral de um dezenove de novembro, num dia com um jornal novo para acompanhar o meu café, uma nova recepcionista atrás do balcão, uma manhã sem chuva. Ou então com uma chuva torrencial, uma inundação, trovões, neve, qualquer coisa, desde que fosse diferente. Como se o meu dia #365 fosse um encerramento mágico, não apenas mais um número numa sequência infinita. Como se o meu dia #366 fosse um novo começo, um novo dezoito de novembro. Com uma passagem para o dezenove. E depois para o vinte. Como se houvesse uma saída, não apenas um dia que sumisse e abrisse espaço para o próximo dezoito de novembro e depois para o outro, para os dias #367 e 368, e amanhã #369.

Se não acontecesse nada, seria uma sequência infinita. Não aconteceu nada, e a sequência é infinita. Não chegou um dezoito de novembro novo e diferente, nenhuma contagem do tempo mais verdadeira emergiu das profundezas, nenhuma tábua de salvação chegou flutuando, eu não fui jogada em um litoral no dezenove de novembro, e o vinte não chegou. É o mesmo dezoito de novembro, e não há nenhuma mudança à vista.

Acordei cedo ontem. Dormi um sono profundo após minha chegada ao hotel, exausta pelo dia e pela tensão resultante da espera por um dia novo e transformado em novembro. Acordei com um sobressalto e no mesmo instante percebi o estojo com o sestércio romano que Philip Maurel havia me dado. Estava na sacola, ao lado do meu travesseiro, e lembrei-me de tudo o que aconteceu: eu tinha encontrado Philip e o acompanhado até a loja. Philip e Marie tinham me levado ao apartamento novo deles. Os dois ficaram andando em meio aos objetos da antiga proprietária. Eu tinha contado tudo: que o tempo havia se estilhaçado e que eu tinha a esperança de voltar a uma linha reconhecível. Eles haviam me mandado embora com um sestércio romano em uma sacola.

Logo levantei da cama, me vesti e desci à recepção. Não sabia que horas eram, mas os jornais já estavam à disposição dos hóspedes, e eram os mesmos de sempre. Do dia dezoito. Novos e intocados. No restaurante o café já estava nas máquinas, as mesas estavam postas e os funcionários dispunham pães e croissants em cestos e bandejas. Me sentei com a esperança de que uma coisa nova acontecesse, mas não houve diferença nenhuma, e logo eu tinha visto a manhã inteira se repetir. Eu tinha visto rostos e movimentos familiares. Eu tinha visto uma fatia de pão cair no chão após uma queda leve, como que flutuante. Era o dia dezoito mais uma vez, claro.

Durante todo o dia, desde o momento em que acordei até o momento em que deitei para dormir, tudo foi exatamente como nos outros dias, horas repletas de reconhecimento, e quando acordei hoje pela manhã era mais uma vez dezoito de novembro. Não há diferença nenhuma. Passei ao segundo ano sem nenhum obstáculo, ou melhor: cheguei ao dezoito de novembro #368 num tempo sem anos e sem estações, um tempo sem meses ou semanas, sem nada além de um único dia que se repete, e que segundo acredito vai continuar a se repetir. Não consigo imaginar outra coisa. É um defeito que não pode ser consertado. Um problema crônico. A única coisa que retorna é o meu dia. A manhã chega, a tarde chega, a noite chega e depois a manhã chega outra vez, no mesmo dia.

Estou sentada no quarto 16 do Hôtel du Lison. Hoje não tomei café da manhã. Não fui até a recepção: simplesmente olhei para os jornais, dei meia-volta e retornei ao quarto. Não quero ver uma fatia de pão cair flutuando.

#369

Hoje acordei muito antes que o dia clareasse. Acordei porque o canto do estojo do sestércio raspou o meu rosto. O sestércio continuava na sacola ao lado do meu travesseiro, devo ter me deitado por cima dela enquanto dormia, mas agora já estou acordada, já estou de pé, já desci à escuridão matinal e ainda é dia dezoito. O dia dezenove não chegou, o dia vinte não chegou e o dia vinte um não chegou, e por que haveria de chegar?

Era cedo demais para sair da cama, mas assim mesmo eu me vesti. Calcei as botas, abotoei o casaco, peguei a bolsa do chão e, antes de sair, tirei o estojo com o sestércio da sacola que estava em cima da cama, retirei a moeda do estojo, guardei-a no meu bolso e deixei o estojo e a sacola em cima da mesa. Peguei as chaves, a recepção estava vazia e saí pelas ruas quase desertas e ainda escuras.

Quando voltei duas horas mais tarde o dia já estava claro e já eram mais de sete horas. Peguei uma xícara de café no bufê e trouxe-a comigo aqui para cima, e agora estou sentada no quarto, em frente à mesinha. Sei que o dezoito de novembro continua. Não sei o que fazer com esse dia, mas sei o que posso esperar. O dezoito de novembro: é isso o que posso esperar.

#374

Todos os dias eu visito as minhas ruas. Atravesso o Boulevard Chaminade e a Passage du Cirque. Cruzo a pequena esplanada no fim da Rue Renart e continuo pela Rue Almageste. Sento num café ou no banco de um parque qualquer.

Não há nenhuma mudança, nada que eu possa conquistar. Não há livros a comprar, não há leilões dos quais participar, não há amigos a visitar. Não tenho padrões de barulho e silêncio para orientar o meu dia, não tenho planos, não tenho calendários. O tempo passa, mas apenas para derramar mais dias no meu mundo: não vai a lugar nenhum, não para em nenhuma estação, tudo é apenas uma longa sequência de dias.

Passo pelos sebos no quarteirão, mas não entro em nenhum. Olho para os livros na vitrine e hesito um pouco, mas depois sigo adiante. Aumento o perímetro dos meus círculos e descubro outras ruas. Na Rue d'Ésope parei em frente a um sebo que não conhecia. Tive vontade de entrar e olhar mais de perto duas obras que estavam na vitrine, mas continuei no lado de fora. Não tenho nada a fazer lá dentro, essa loja pertence ao passado e não faço mais parte da T. & T. Selter.

Passei pela Philip Maurel e por duas vezes parei em frente à vitrine e olhei para dentro da loja. Faço isso enquanto Marie está sozinha, porque não quero ser reconhecida: sei a que horas Philip chega e sai e não quero encontrá-lo.

O sestércio ainda está comigo. Está no bolso do meu casaco, e Marie colocou outra moeda em exposição no balcão. Ontem à noite, quando deitei para dormir, esqueci de tirar a moeda do bolso e colocá-la debaixo do meu travesseiro, e quando acordei hoje pela manhã a moeda ainda estava no meu bolso. Eu a percebi enquanto caminhava pelas ruas. Se eu tivesse um cachorro poderia dizer que fui passear com o cachorro. Mas estou passeando com uma moeda romana. Uma companhia inusitada.

#376

Dá para notar nas ruas. Um vazio. Como se uma coisa tivesse desaparecido. Noto no cascalho da Rue Desterres, e também quando atravesso às pressas a Rue Almageste. Um adensamento que acabou diluído. Agora há menos detalhes. É uma sensação concreta, quase física, como se houvesse menos tráfego, ou os pedestres tivessem sumido, como se as luzes e os sons tivessem se transformado, como se as distâncias entre as casas houvessem crescido, as ruas estivessem mais largas, porém sei muito bem que nada mudou, que os pedestres são os mesmos de sempre e o tráfego é o mesmo de sempre, nem as luzes nem os sons transformaram-se. Sou eu que já não tenho mais nada a fazer aqui. Ando pelas mesmas ruas, mas são apenas a rotina e os velhos hábitos que guiam os meus passos. Sempre tive bons motivos para estar aqui, mas agora me sinto desnecessária. Ando pela cidade sem nenhum outro compromisso além da minha passagem de um dia para o outro. Sou apenas uma pessoa que circula pelas ruas, talvez nem sequer uma pessoa, talvez mais um bicho, um bicho que não caça nem é caçado, que não sente fome nem saciedade — simplesmente uma criatura que anda em meio às construções.

#378

Hoje dormi bastante e já era de tarde quando saí para a rua. Segui um caminho diferente do habitual, porém mais uma vez fui tomada por aquele sentimento, uma forma de vazio, como se me faltasse uma coisa ou outra.

Enquanto andava pelas ruas comecei a sentir a cabeça leve. Parei e olhei ao redor, procurando um lugar onde pudesse entrar, mas foi como se não houvesse lugar algum. Não havia nenhum lugar natural a procurar, nenhum lugar ao qual eu pudesse me recolher e onde eu pudesse espontaneamente me acomodar por um tempo. Procurei um parque ou um banco, mas não havia nenhum lugar onde eu me sentisse à vontade. Os espaços que eu costumava frequentar pareciam fechados e hostis. Nenhum dos bancos ou das cadeiras que eu via em cafés parecia bom para mim. Nenhuma calçada, nenhuma faixa de segurança adaptava-se aos meus passos. Eu me sentia deslocada, um corpo estranho. Eu não pertencia, e não havia nada que eu pudesse fazer.

Por fim fui a um café praticamente vazio, onde tentei ocupar uma mesa junto à janela, mas senti como se as cadeiras tentassem me jogar para longe. Primeiro uma cadeira pareceu um pouco bamba, e quando levantei e peguei outra tive a impressão de que havia alguma coisa errada com a mesa. Puxei a mesa e arrastei um pouco a nova cadeira em que eu estava sentada. Fiquei confusa e nervosa, e quando finalmente consegui estabilizar os móveis não havia ninguém para anotar o meu pedido, e assim saí do café e voltei para as ruas.

Não fez diferença nenhuma. As vias pareciam desertas. Era como se a atmosfera estivesse transformada, o ar estivesse mais rarefeito, como se parte do material houvesse sumido do asfalto e o deixado mais poroso, uma diferença quase imperceptível nas paredes das casas — não sei. Alguma coisa havia desaparecido, havia alguma coisa nas cores, nos barulhos, talvez, como se a matéria-prima do mundo de repente houvesse sumido, ou ainda como se houvesse surgido uma nova forma de vazio — uma forma desconhecida de vazio.

Tentei me livrar do sentimento andando. Dobrei esquinas e descobri ruas trafegadas e passagens movimentadas, e aos poucos o mundo começou a se parecer consigo mesmo. Me senti de volta à terra firme, de volta ao mundo, e por boa parte da tarde fiquei andando de um lado para o outro, tentando navegar para longe desse sentimento de vazio. Atravessei parques, estradinhas de cascalho, bancos e pracinhas, mas sem parar em lugar nenhum, salvo por uns poucos minutos durante os quais tentei sentar num banquinho úmido ao lado do chafariz na Passage du Cirque.

No final da tarde voltei ao hotel, comprei um sanduíche na recepção e subi ao meu quarto. Enquanto subia a escada, olhei para mim com uma sensação estranha em relação à minha aparência: me sentia desleixada, puída, esfiapada, mas não conseguia entender por quê. Não eram as minhas roupas. Me olhei num espelho assim que cheguei ao corredor que levava ao meu quarto. Não eram as minhas roupas que estavam mais puídas do que na última vez em que eu estivera ali. As botas tinham sido usadas em vários passeios por Clairon, mas não estavam muito gastas. Eu usava um vestido diferente daquele que estava usando na última vez: o velho tinha ficado em Clairon, esse era mais novo, não havia nada de errado com ele, e o meu casaco parecia normal. Talvez eu pudesse usar um mais novo, mas não chegava a chamar atenção. Assim mesmo era como se eu tivesse sido posta num depósito, toda puída e empoeirada, tirada de circulação.

Sei que sou eu mesma: perdi o rumo. Não é matéria-prima o que falta. Não é uma nova forma de vazio. É simplesmente não conseguir encontrar uma razão para movimentar-me pelas ruas. Passo em frente às lojas e não entro. Atravesso uma rua ou então um parque e me sinto inadequada, desnecessária, cansada, fora do lugar. Já não sou mais Tara Selter, a negociante de livros antigos detalhista e com olhar sempre atento a livros com potencial colecionável. Não sou Tara Selter no trabalho. Não sou a compradora de livros para a empresa T. & T. Selter. Essa mulher desapareceu. A Tara Selter que aparece e faz perguntas, negocia, observa, compra, faz acertos, organiza. A Tara Selter, negociante de livros antigos, se foi. Uma pessoa que tem um trabalho, um negócio a expandir, um espírito empreendedor, uma pessoa que negocia com clientes e colegas. A Tara Selter com futuro se foi. A Tara Selter com sonhos e expectativas saiu de cena, retirou-se do mundo, escorregou para além da beirada, foi descartada, levada na corrente dos dezoito de novembro, perdida, evaporada, arrastada para o mar.

No quarto, larguei meu sanduíche em cima da mesa e tirei o casaco e as botas, mas quando pouco depois tentei comer o sanduíche já meio seco o alarme de incêndio disparou de repente no hotel. Aquilo por um instante me surpreendeu, porque eu nunca tinha ouvido o alarme, talvez porque nunca tivesse estado no hotel pouco depois das cinco horas nos outros dias. O som não me preocupou. Devia ser um alarme falso, porque o hotel não havia queimado, e eu não tinha visto sinal de incêndio em nenhuma ocasião, assim, não fiz nada. Pouco depois o alarme parou de soar. Levantei e olhei para fora da janela. Havia pessoas na rua, e pensei que o dezoito de novembro incluía um alarme falso no Hôtel du Lison. E daí?, pensei. E daí nada. Vi um caminhão de bombeiros se aproximar, mas não havia nenhum sinal de incêndio, e a mangueira não foi desenrolada. Um bombeiro pôs-se a conversar tranquilamente com a recepcionista e eu tornei a sentar e dei mais uma mordida no meu sanduíche.

Só mais tarde me ocorreu o que aquilo significava: que eu já não estava mais atenta, já não esperava mais tábuas de salvação, já não via aquilo como uma possibilidade de incêndio no Hôtel du Lison, já não acreditava que aquele pudesse ter sido um novo dezoito de novembro, que aquilo pudesse ter sido um salto rumo a um novo tempo, que o hotel pudesse incendiar e que assim eu pudesse correr risco de vida, como se o tempo houvesse retomado a trajetória normal. Simplesmente imaginei que seria um alarme falso.

Poucos dias atrás eu teria saltado da cadeira à espera de uma mudança, mas naquele momento continuei sentada com um sanduíche pela metade, sem fazer nada, e agora o sanduíche continua em cima da mesa, não porque o abandonei às pressas durante a evacuação, mas porque o pão está com as bordas secas. Já não acredito mais que possa existir variação, já não procuro mais diferenças e nem alarmes de incêndio conseguem alterar minhas expectativas em relação a um dia que se repete indefinidamente.

A intervalos ainda ouço vozes no corredor do outro lado da porta, mas a calçada em frente ao hotel está há um bom tempo deserta. Os últimos hóspedes estão a caminho dos quartos, o caminhão de bombeiros se afastou em alta velocidade e não há perigo algum. É um dia tranquilo no Hôtel du Lison. Ninguém se feriu, ninguém se machucou. Estou sentada num quarto de hotel, em segurança, Thomas está em segurança no dezoito de novembro em Clairon, ele está encharcado de chuva e a casa está fria quando ele chega, porém nada além disso aconteceu. Ele volta à sala, acende a lareira e busca um alho-poró na horta e cebolas na despensa. Não há por que se preocupar. Tenho um marido que acredita que o melhor seria eu encontrar uma saída por minha própria conta. Tenho amigos que se acham incapazes de ajudar, e que talvez nem ao menos acreditem no que digo, e assim me mandaram embora com um sestércio romano numa sacola. A derradeira missão de Tara Selter: subir a escada e levar o lixo para a rua. Agora estou andando pelas ruas, desnecessária e fora de circulação. Não é nenhuma catástrofe. Não que seja nada, mas também não é grande coisa.

#379

E agora que o dezoito de novembro se tornou crônico: meus dias são muito simples e ando por ruas familiares, mas sinto que não pertenço a esse lugar. Ouço passos atrás de mim. Fico preocupada. Me viro. Penso que podem querer alguma coisa comigo, e essa ideia, a de que podem querer alguma coisa comigo, não é nada boa. Mas não é nada, o que ouço são apenas os meus passos, e mesmo o som dos meus passos é desnecessário. Ando por um espaço que devia estar vazio. O lugar onde me encontro devia estar livre, mas por motivos inexplicáveis Tara Selter o ocupa.

Ao meu redor as pessoas vão para o trabalho. Abrem lojas e movimentam-se em direção às estações de metrô, andam em formação, com uma direção clara, como que puxadas, porém eu mesma não sinto o que as puxa, como se me faltasse uma corda, como se eu não fizesse parte. Não consigo participar. Ou então tem uma coisa que atravessa as ruas, uma corrente, que impele as pessoas à frente, mas é uma corrente que não chega até mim. Ou então pode ser uma mecânica interna. Uma coisa que guia os passos das pessoas nas ruas, um impulso que não existe em mim, uma mola que em mim não se tensiona, um mecanismo que me falta. Não sei se as pessoas são puxadas, movem-se impelidas por uma corrente ou como resultado de um mecanismo interno que as leva a andar pelas ruas, mas sei que essa mesma coisa não funciona em mim.

Estou rodeada de pessoas em movimento, de repente todas seguem na mesma direção, olho ao redor e percebo uma estação de metrô, e é para lá que todos vão. São fileiras de pessoas que seguem em direção à passagem subterrânea. Estou longe das filas. Se me aproximo delas, sinto que atrapalho. Sou um corpo estranho, um erro. Sou Tara Selter, perdida no dezoito de novembro. Perdida, mas não além da salvação. Caí para fora do dia, porém não de forma trágica, e tampouco cômica: caí para fora do mundo, mas não sofri nenhum ferimento nessa queda: simplesmente levantei e passei a mão no joelho, nada mais.

Meu nome é Tara Selter. Estou no dezoito de novembro, e há ecos ao meu redor. Sou uma criatura estranha, que não devia andar em meio a pessoas com uma direção clara. Pessoas que seguem adiante. Que estão a caminho, como as pessoas fazem quando tentam atingir seus objetivos.

Movimento-me por linhas erráticas, me afasto para o lado. Encontro ruas que não conheço, dobro esquinas ignoradas, encontro cafés onde nunca estive. Levo comigo o meu eco, um vazio peculiar no som, que surge quando afasto a cadeira e sento num canto. Largo minha bolsa ao lado. Minha bolsa é grande o bastante para que eu pareça uma turista, e pequena o suficiente para que eu possa ter comigo tudo o que preciso durante o dia. A bolsa dá a impressão de que tenho um objetivo a alcançar. Estou sempre a caminho, mas às vezes descubro um canto do mundo onde posso sentar um pouco. Respiro. Mantenho a calma.

Posso contar os meus dias, e é isso que faço. Posso escrever sobre os meus dias, e é isso que faço. Tenho o meu bloco de notas com risquinhos e números. Tenho uma pasta com anotações sobre o dezoito de novembro, tenho dinheiro e cartão de crédito. Tenho uma esferográfica com os dizeres *7ème Salon Lumières*, e posso escrever o que quiser, posso viajar para onde quiser, não me falta nada.

Ando à beira do abismo, conto os dias e tomo notas. Tudo isso eu faço para lembrar. Ou então para manter os dias juntos. Ou talvez porque o papel se lembre do que digo. Como se eu existisse. Como se alguém me escutasse.

#383

Imaginei que eu acabaria voltando. Para Clairon-sous-Bois. Para Thomas. Se não acontecesse nada. Se o passar do ano não significasse nada. Se não houvesse saída no final do ano. Talvez eu primeiro fizesse uma visita a Philip e Marie. Imaginei que pediria conselhos, que sentaríamos junto ao balcão, que os dois me ofereceriam as mais variadas sugestões, uma mais estranha que a outra. Que teríamos achado graça da situação. Que talvez houvesse risadas. Falaríamos sobre o pó e sobre a minha queimadura enquanto ríamos da estranheza do tempo. Eu talvez houvesse imaginado que eles me ajudariam, que poderiam ter ao menos tentado, nem que fosse para fazer de conta que haviam tentado. Que pelo menos fossem rir comigo. E então, se não houvesse saída, eu pegaria o trem de volta para Clairon. Caminharia em meio à chuva, contaria para Thomas que eu havia voltado porque o tempo tinha parado, que eu havia tentado saltar de volta, que eu estava pronta, e que isso era o que eu mais queria: voltar. Para Thomas, para Philip e Marie, para as pessoas nas ruas, para as correntes e as filas, para o ritmo conjunto, para Tara Selter, a vendedora de livros antigos detalhista e com sensibilidade para o papel. Não que eu não quisesse acompanhar o tempo deles. Eu simplesmente não podia. Eu havia tentado.

Mas talvez eu esteja apenas sozinha. Talvez eu não pertença. Talvez não possa ser de outra forma, mas tento, faço preparativos, e às vezes, quando caio numa corrente de pessoas na rua, se passo em frente a um ponto de ônibus no momento exato em que o ônibus para, e de repente me vejo presa em um grupo de passageiros, se sigo a corrente que sobe no ônibus, se ando na direção correta e faço tudo no tempo correto na estação de metrô, então o meu ritmo de repente se adapta, acompanho tudo, e às vezes sou quase levada: entro e saio, sigo pelo caminho, e é quase como ser compreendida, como receber um conselho. Ao menos para quem está disposto a escutar.

Via de regra a sensação não dura muito tempo, porque de repente o ônibus se esvazia outra vez e eu sigo a corrente de volta à calçada, ou então chego a uma rua num lugar que não conheço e de repente me vejo mais uma vez sozinha. A corrente de pessoas se espalha, o barulho dos meus passos, que desaparece na multidão, volta a soar pela rua, e o eco ao meu redor torna-se claro. A rua se abre, a multidão que deu início ao movimento tinha um objetivo, que por um instante tomei emprestado, mas de repente estou lá, as pessoas se dispersaram, espalharam-se por outros meios de transporte, entraram em prédios ou seguiram em direção a outras ruas, e logo me ponho a caminhar ao redor, não tão depressa como os outros, porque o ímpeto me falta: passeio ao longo das ruas, e mais cedo ou mais tarde volto ao Hôtel du Lison.

Mesmo assim saio no dia seguinte, arrumo a minha bolsa, caminho em meio ao vazio, mas estou sempre pronta para acompanhar caso surja alguém que possa mostrar o caminho, e então, se de repente me encontro no meio de um movimento, de uma corrente, se percebo uma atração, uma direção, trato de segui-la. Não é muito difícil. Preciso estar pronta, mas a partir de então tudo acontece por conta própria. É como estar na praia: a água está fria, você está pronta, quer entrar de uma vez na água, você espera, acaba com os movimentos impedidos, como se fossem bloqueados a caminho da água, mas então surge alguém correndo, que se atira, e você acompanha, você se deixa levar pelos movimentos do outro, se põe em movimento e de repente está na água, mergulhando, nadando na água fria, a princípio gelada, mas de repente não mais, toda a hesitação desaparece, e você não foi empurrada, você correu por conta própria, mergulhou por conta própria, você assumiu o correr e o mergulhar e o nadar e já não se deixa levar rumo a direção nenhuma, porque está em movimento, e assim pode continuar, mesmo que a princípio tenha hesitado.

É assim que passo os meus dias: me jogo na multidão, me deixo levar, observo o movimento e o acompanho, mas no fim, depois de seguir a corrente, depois de haver tomado ônibus e trens e estar mais uma vez comigo mesma, ao sair de uma estação de metrô ou ao descer no ponto de ônibus, o impulso acaba. Perco a velocidade e paro. É como se houvesse um problema no mecanismo que o movimento devia ter posto a trabalhar. Há uma fagulha que se acende, porém logo hesito, diminuo a velocidade e me afasto. Passo a trafegar pelo acostamento, já não posso acompanhar tudo, e assim passo a andar por ruas menos trafegadas. Não há problema nenhum, não estou perdida, simplesmente encontro um banco, paro e passo um tempo sentada, ou então começo a voltar pelo mesmo caminho, em direção ao hotel, e quando o dia chega ao fim e a velocidade diminuiu até parar, deito para dormir e no dia seguinte encontro novas multidões nas quais me jogar.

#387

Meus círculos tornaram-se maiores. Num dia cheguei ao Bois de Boulogne, noutro fui a Fontainebleau e agora estou num trem rumo ao norte, sem bilhete, porque segui a corrente de pessoas e de repente estávamos andando em direção ao trem. Segui o tráfego matinal. No ponto, tomei o ônibus com as pessoas que estavam por lá e fui até a Gare du Nord. Uma corrente de pessoas me levou a atravessar a estação e agora estou sentada num trem rumo a Lille. Há pessoas no trem, todas estão a caminho — não sei para onde, porém logo vamos descer, porque Lille-Europe é a última estação.

Minha bolsa está no chão ao meu lado, agora um pouco mais leve, porque os livros, as mudas extras de roupa e a minha nécessaire ficaram no hotel. Por outro lado, trouxe comigo a chave do quarto 16, mesmo que não vá usá-la para nada. A chave da casa em Clairon, da casa de Thomas, também está na bolsa. Seria fácil voltar. Conheço o caminho. Aqui tudo é familiar. Conheço as estações, mas esse não é o caminho certo.

#388

Desci em Lille. O tráfego do início da manhã aos poucos se transformou no tráfego do meio da manhã, a corrente de pessoas se dispersou, fui a última passageira a deixar o trem, com passos vagarosos e hesitantes, tão vagarosos que cheguei a parar na plataforma. De repente não havia ninguém ao meu redor, e assim não fui levada a lugar nenhum. Pouco depois saí da estação, descobri um hotel nos arredores e comecei a andar pela cidade. Queria comprar uma escova de dente, mas de repente me vi em frente à papelaria onde havia comprado o bloco de notas encadernado em lona verde, no qual eu nunca tinha chegado a escrever. Entrei, e no mesmo lugar onde eu o tinha encontrado havia uma pilha de blocos de notas encadernados em lona verde. Um deles talvez fosse o meu, pensei, e logo comprei um — talvez o mesmo. Ou talvez fosse apenas um bloco similar.

Ontem à noite coloquei o bloco embaixo do travesseiro com a escova de dente recém-comprada e um tubo de pasta de dente, e tudo ainda está aqui comigo. Acordei cedo, tomei o café da manhã no hotel e não houve fatia de pão derrubada, não houve jornais matinais e eu tampouco senti falta. Não sinto falta das coisas que deixei no quarto 16: me sinto mais leve sem os livros, e me viro bem com as roupas que estou vestindo. Ando com passos leves, sem peso, quase vazia.

#389

O bloco de notas está na minha bolsa, no assento ao meu lado, esperando ser posto em uso, mas eu ainda não o peguei. Está lá, com as linhas pautadas, enquanto escrevo no papel da minha pasta, porque sempre tenho papel comigo. Tenho a minha esferográfica e a minha bolsa. Tenho o meu assento no trem, meu casaco e um celular que mais uma vez parou de funcionar.

Ao meu redor estão pessoas com casacos e bolsas e celulares. Ouço que essas pessoas têm vidas que estão sendo vividas, lugares para onde ir e coisas a fazer. Não sei se tenho uma vida que está sendo vivida, mas não tenho nada a fazer, e também não vou a lugar nenhum. Tenho ouvidos para escutar e, querendo, posso me deixar inspirar pelos outros passageiros. Por outras vidas e lugares. Por outras coisas a fazer. Ou então roubar, porque é assim que sinto: como se eu tomasse uma coisa das outras pessoas. Como se não fosse certo ouvir a conversa dos outros. As pessoas me oferecem essas coisas, mas não sinto como se fossem um presente.

Um homem está ocupado organizando uma reunião ou uma assembleia. Há uma certa discordância e ele faz diversas ligações para discutir o assunto: o comitê precisa ser trocado, há decisões que precisam ser tomadas e ele está prestes a criar um tipo ou outro de unanimidade ou de harmonia, como o regente de um coral que pretende fazer com que o coral soe bem, sem que, no entanto, alguém descubra que ele é o regente. A questão como um todo soa complicada, ele liga para uma pessoa atrás da outra e ficamos todos sentados ao redor, como passageiros naquela máquina coral, escutando, porque é impossível não prestar atenção. Acredito que se trate de um clube de vela. Ele fala sobre comprar barcos, atrair um público jovem e expandir o departamento juvenil. Fala sobre financiamentos e apoios, e também planos grandiosos, uma casa para o clube. Não sei para onde ele está indo. Não estamos perto do mar, e fiquei curiosa: ele fala com muitas pessoas e as instrui quanto ao que dizer na reunião. Não podemos ter certeza quanto ao resultado, de repente tenho vontade de segui-lo, porque a reunião é hoje à noite, e ele pode muito bem chegar mais cedo, ele diz.

O homem está a caminho de Dunquerque. É o que ele diz para o condutor. Logo ele vai fazer a baldeação, e sinto vontade de ir rumo ao mar. Tenho vontade de navegar, de velejar, de estar na água, perto do horizonte.

Mas logo o homem larga o celular, e agora ele abre o computador, o vento para de soprar nas velas, que tremulam um pouco, e logo a minha atenção se volta para outras coisas. Ouço uma mulher falar sobre o jantar com o filho. Não sei por que imagino ser o filho, mas tenho uma certeza bem razoável. Eles vão comer um prato de frango que o filho preparou. E ele precisa de *jalapeños*. Ele está procurando um vidro de *jalapeños*. Na geladeira. Deve estar na prateleira de cima. Ou então na porta. Ele encontrou. O jantar está salvo.

#390

Fui a Dunquerque, fiz a baldeação e cheguei ao porto, mas não pude continuar. Eu havia perdido o regente de vista quando por fim chegamos, mas encontrei um hotel na zona portuária. O hotel tinha vista para o mar, que estava calmo e cinzento. Eu tinha perdido a vontade de me envolver com assembleias e barcos antes mesmo de chegar. Me ocorreu que eu tinha dado sorte em Lille. Que eu podia ter acordado num quarto de hotel já ocupado, onde um hóspede tivesse deitado para dormir no dia dezessete à tarde, para então acordar na minha cama na manhã do dia dezoito. Pelo menos em teoria. Se o dia se comportasse da forma como se espera. Por sorte eu havia chegado cedo e devia ter pegado um quarto onde não havia ninguém no dezessete de novembro.

Quando cheguei ao hotel em Dunquerque já era de tarde, e desta vez pedi um quarto onde ninguém houvesse se hospedado nos últimos dias, e que portanto não tivesse sido limpo desde o dia anterior ou o outro. Aleguei que eu tinha alergia a produtos de limpeza. E disse que eu poderia muito bem pagar a mais por isso.

O recepcionista disse que não haveria problema. O quarto onde eu ficaria não tinha sido ocupado pelos últimos três dias. Por sorte não era alta temporada, ele disse. Fui ao meu quarto, abri a porta e postei-me em frente à janela que dava para o porto até que eu começasse a sentir frio, porque não havia calefação no quarto. Fui para baixo das cobertas, um edredom com uma capa xadrez azul, e em pouco tempo peguei no sono.

Hoje acordei numa manhã clara e cinzenta, e agora estou a caminho, porque descobri um trem, um trem local, e agora estamos mais uma vez indo continente adentro. Paramos em estações pequenas, as pessoas sobem e descem, os assentos têm um padrão xadrez e eu estou sentada com a bolsa ao meu lado, porque não há muitos passageiros.

Hoje não há nenhuma conversa telefônica, mas poderia ter havido, porque um fala e o outro escuta. A mulher que escuta está indo visitar o neto recém-nascido, esse tanto ela chegou a dizer, mas agora está escutando. Não é ela quem tem uma história a contar. É o homem com os cachorros. A mulher ouve amistosamente e às vezes faz um gesto afirmativo com a cabeça. Os dois estão sentados frente a frente e têm uma mesa entre si, mas também dois cachorros de grande porte que estão deitados no chão, um cinza e o outro malhado. O cachorro malhado parece estar aborrecido, quase deprimido, diz o dono. É porque ele perdeu um amigo, explica. Até poucos meses atrás ele tinha outro cachorro que morreu, e o cachorro malhado estava muito infeliz desde então. Semanas depois ele havia pegado o cachorro cinza. Aquele seria o novo amigo do cachorro malhado, mas os dois ainda não tinham feito amizade.

Acho que ambos perceberam que estou ouvindo a conversa, mas não que estou anotando tudo. Estou sentada num assento com mesa, e é só quando me inclino para a frente e os observo que podemos nos ver. A mulher que está indo visitar o neto pressente que estou ouvindo. Ela se inclina para a frente e olha na minha direção, como se quisesse defender os demais passageiros, protegê-los de ouvidos curiosos, mas eu folheio os meus papéis e olho para o meu celular, e assim ela acha que estou fazendo outra coisa. Afinal, por que eu haveria de escutar? Uma mulher jovem com uma pasta preta, folhas de papel, bolsa de viagem e um celular ao lado. O celular já não tem ligação nenhuma com o mundo ao redor, mas as pessoas não sabem disso.

Ele sempre tinha imaginado que era o melhor amigo dos cachorros. À noite, quando ia para a cama, os dois deitavam com ele: o cachorro velho de um lado e o malhado do outro. Ele se sentia amado. Me inclino para a frente e assim me demoro por um tempo. Vejo que a mulher faz gestos afirmativos com a cabeça. Ela também compreende.

Mas quando o cachorro mais velho morreu, o malhado não quis mais deitar com ele na cama. Estava de luto, disse o homem. Inconsolável. Tentou pôr o cachorro em cima da cama para consolá-lo, imaginando que o cachorro gostasse dele, que fosse seu melhor amigo.

Mas não foi o que aconteceu. O cachorro deitava na cama dele porque esse era o jeito de ficar mais próximo do outro cachorro. Eu simplesmente estava no caminho, disse o dono do cachorro. E ele me tolerava. Mas o que o cachorro malhado mais queria era ficar deitado na cama só com o outro cachorro. O outro cachorro que naquele momento estava morto. Eu era um obstáculo, ele disse, e quando o cachorro velho morreu, o malhado não tinha mais nenhum motivo para estar na cama. Adotou um tapete na sala.

Quando compreendeu que não era amado pelos cachorros, o homem providenciou o cinza, um cachorro de pastoreio, segundo disse, enquanto se inclinava e afagava a pelagem crespa e cinzenta. Assim pelo menos o malhado teria um amigo. E nesse sistema cada um dormia na sua própria casinha, na sala. Ele dormia sozinho na cama.

A mulher fez um gesto afirmativo com a cabeça, mas não disse nada, porque o homem dos cachorros não estava em busca de compaixão. Estava simplesmente contando uma história. A mágoa, segundo ele mesmo disse, era ter imaginado que o cachorro o amava muito, a ponto de não sair do lado dele ao longo da noite toda. Ele tinha sido feito de bobo. Ou melhor, a própria imagem que tinha de si o havia feito de bobo, porque os cachorros nunca tinham dito que o amavam. O velho cachorro simplesmente ficava lá, sem dúvida em razão do calor, ou talvez pela força do hábito, e o malhado nunca tinha dito que era por causa dele que se deitava na cama.

Não fui a única pessoa a ouvir. Quando o homem terminou a história, outros passageiros também desviaram o olhar de repente, e uma mulher sentada a poucos assentos de mim respirou fundo e olhou para a paisagem. Quanto a mim, comecei a mexer nos meus papéis quando o relato terminou. Não acredito que a mulher que ouvia o dono do cachorro soubesse o que dizer: a conversa simplesmente chegou ao fim, e agora os dois olham para fora da janela, e o homem com os cachorros afaga o cachorro malhado, que se levantou embaixo da mesa.

#395

Já não são mais as correntes de pessoas que me levam. Não preciso de massas nas quais me jogar. Não preciso de meios de transporte lotados. Começo a gostar do tráfego matinal com viajantes solitários, de vagões abertos e passageiros vagarosos com canecas de café e pacotes marrons.

Fico ouvindo. Sento com um livro e com os meus papéis, e às vezes tomo notas, nem sempre, mas nos vagões abertos com viajantes dispersos, sentados em frente a uma mesinha ou espremidos contra a janela, parece haver uma intimidade entre nós, e assim nos cumprimentamos com um rápido aceno de cabeça, somos conhecidos por um instante, porém logo tornamos a nos recolher. Temos celulares e livros ou papéis que precisam ser lidos. Temos jornais ou laptops e fones de ouvido.

Uma mulher teve a casa arrombada e naquele momento conta a história no celular. Ela já deve tê-la contado outras vezes, porque tudo na história parece muito bem articulado. A narrativa foi burilada, e assim não parece apressada demais nem hesitante ou interrompida demais, e já não há mais nenhum sinal claro de choque ou indignação.

Ela imagina que podemos estar ouvindo, mas não tem certeza. Olha ao redor, não somos muitos, talvez quatro ou cinco que possam ouvir. Estamos perto da fronteira, a mulher fala francês, porém logo vamos estar na Alemanha, ela não tem como saber quem fala que língua, mas é uma história que todos queremos ouvir.

A pessoa do outro lado da linha ainda não a ouviu, porque há uma introdução e uma série de detalhes. São detalhes sobre o arrombamento: tem vidro espalhado no corredor, a vidraça da porta foi quebrada, e o quarto de Sandrine, ela diz, e esse deve ser o nome da filha, o quarto de Sandrine tinha sido totalmente revirado, haviam procurado em todas as latas possíveis. Mas não na lata de biscoitos, e era na lata de biscoitos que estava o dinheiro das férias, que os ladrões não tinham encontrado. Havia certo tom de triunfo na voz dela, então penso que deviam ser férias caras, e que devia haver um bom dinheiro guardado na lata de biscoitos. Logo se faz uma pausa. Dá para ouvir que a história chegou ao fim. A menção à lata de biscoitos marca o final, é uma reviravolta estranha e não se parece muito com o fim de uma conversa: é mais como uma fanfarra, uma marcha da vitória. Faz-se silêncio, mas a pessoa do outro lado da linha não parece dizer mais nada, porque a mulher roubada não responde: simplesmente estende a pausa.

Logo ela muda de assunto e começa a falar sobre uma tarde com as amigas, um encontro de velhas conhecidas. Penso que falta uma explicação para a lata de biscoitos. Onde estava, e por que os ladrões não a encontraram? A pessoa do outro lado da linha devia saber a respeito da lata de biscoitos, porque não houve explicação nenhuma, e a mulher roubada tinha ido das latas em geral para a lata de biscoitos de Sandrine de maneira quase imperceptível. Do quarto da menina para a cozinha, claro, porque se estivesse em outro lugar, como a sala ou o corredor, com certeza a lata de biscoitos teria chamado atenção. Mas quem é que guarda o dinheiro das férias numa lata de biscoitos, e quem é que acumula na lata de biscoitos dinheiro suficiente para tirar férias?

Tenho uma bolsa cheia de dinheiro. Todos os dias tiro o máximo possível, porque nunca sei se vou precisar. Afinal, será que o meu cartão de crédito vai funcionar para sempre? Em todo caso, tenho a impressão de que aquela situação era diferente. Eu jamais guardaria dinheiro numa lata de biscoitos. Talvez os ladrões também não fizessem uma coisa dessas. Talvez seja justamente por isso que não encontraram o dinheiro. Será que estou mais próxima dos ladrões, já que roubo a vida das pessoas? As pessoas trazem latas de biscoito para o vagão, mas isso não quer dizer necessariamente que qualquer um esteja autorizado a pegá-las. Talvez estejam oferecendo biscoitos para todos os passageiros no vagão, não sei. Não sei se roubo ou se apenas recebo as coisas que me são oferecidas.

Mas foi assim que terminou a conversa: quando a mulher roubada desceu do trem. Olhei para fora. Estávamos em Aachen, mas continuei sentada. Não vi motivo nenhum para levantar, e deixei que a mulher roubada fosse embora.

#398
Hoje é uma garota que foi deixada pelo namorado. Ela não pode ser muito velha. Uns vinte e cinco anos, talvez. Vinte e dois. Talvez menos. O certo é que ela é mais nova do que eu. Mais nova e mais abandonada. Eu não a tinha notado quando abri a porta da cabine. Era um trem regional, e ela estava sozinha numa cabine de seis pessoas com duas malas grandes.

Não havia vagões abertos no trem, então atravessei o corredor estreito de cabines quase lotadas com malas postas aqui e acolá. A cortina em frente à janela da cabine dessa menina estava meio fechada, e eu talvez pudesse ter imaginado que aquilo era uma sinalização de que ela preferia estar sozinha, mas não estou acostumada a esses trens, que mais parecem resquícios de uma época passada, na qual era possível esconder-se atrás de cortinas em pequenas cabines. Tive a impressão de estar me intrometendo, como se eu ocupasse um lugar que devia ser dela, mas assim mesmo entrei.

Quando abri a porta e perguntei se havia lugares vagos, ela acenou a cabeça com um gesto tímido, e assim notei que havia alguma coisa errada. Primeiro eu simplesmente achei que a menina queria estar sozinha na cabine, e estive prestes a ir embora, mas na cabine ao lado já havia quatro ou cinco pessoas, então abri a cortina, atravessei a porta com a minha bolsa e sentei no assento mais próximo da porta com a bolsa no colo.

Levou um tempo até eu entender o que estava errado, porém logo notei que era um sentimento de fragilidade, e não de propriedade que a levava a vigiar a cabine. Aquilo fez com que eu me sentisse uma intrometida, mas agora já estou aqui sentada e seria uma descortesia sair, então comecei a tomar notas sobre um livro que estou lendo. Tenho um dicionário comigo, e tanto ele como o meu livro estão fora da bolsa. Leio um pouco, deixo o livro de lado e escrevo frases no papel, abro o dicionário, leio mais um pouco — ou pelo menos é assim que parece.

Comprei o livro e o dicionário em Bonn. Estava viajando com dois outros passageiros muito falantes, um francês e o outro alemão, ou talvez os dois tivessem dupla nacionalidade. Eles trocaram de idioma diversas vezes ao longo da conversa, e quando chegamos à estação entrei na livraria mais próxima. Encontrei um dicionário e ao lado do caixa havia uma pilha de exemplares de *As afinidades eletivas* de Goethe. O que me agradou foi a sonoridade do título alemão. A maneira como o título original soava na minha cabeça: *Die Wahlverwandtschaften*.

O livro serviria como desculpa para que eu estivesse sentada tomando notas enquanto procurava palavras alemãs no dicionário, mas no fim eu havia começado a ler de verdade. Leio devagar, em trens e quartos de hotel. Vou de um lugar para o outro, e ontem cheguei a Hannover. Passei a noite perto da estação e comprei bilhete para um trem rumo ao norte que parte ainda pela manhã, porém o trem foi cancelado e os passageiros foram mandados para outra plataforma, então de repente havia mais passageiros do que o esperado para as onze horas de um dia qualquer.

Em pouco tempo consegui a história da minha tímida companheira de viagem, não porque ela tenha se mostrado disposta a contá-la, mas porque foi bastante fácil compreendê-la, mesmo com o meu alemão limitado.

A menina foi abandonada e está voltando para a casa dos pais, já falou duas vezes com a mãe. O namorado acaba de deixá-la, mas ela não esperava pelo rompimento e na verdade achava que o relacionamento entre os dois ia bem. Percebo que para a menina abandonada a catástrofe ainda é muito recente, que pode ter ocorrido na noite anterior, e ela se sente obrigada a contar todos os detalhes para a mãe e para mim. Ela está a caminho de Bremen. Faltam duas horas para chegar, e esse é um tempo longo de viagem para um coração partido.

Penso em catástrofes grandes e pequenas. Penso na minha própria catástrofe. Penso em catástrofes recentes e naquelas que tiveram o tempo necessário para ganhar uma forma definida. A catástrofe naquele vagão parece uma coisa frágil e resfolegante, com detalhes que seriam privados se a história toda não fosse tão recente. Talvez ela não imagine que entendo tudo, porque falei inglês ao entrar. Mas não importa. Não estou aqui. Não acho que faria diferença eu estar sentada aqui ou não. No mundo dela, trata-se apenas de uma filha ainda em choque e de uma mãe atenciosa.

Eles tinham pensado em ter filhos. Não imediatamente, mas tinham falado a respeito. Quando os dois terminassem os estudos. Juntos, tinham imaginado um futuro. Ela já tinha comprado o presente de Natal dele. No mundo deles, já tinham trocado presentes de *Kinder* e *Weihnachtsgeschenke.* Talvez ela estivesse um pouco adiantada com o Natal ainda em novembro, pensei. Mas eles faziam planos. Havia um apartamento em comum, e ela não conseguia entender por que ele a deixara. Essa era a pior parte: ela não conseguia entender por quê. Estava na escada quando ouviu a notícia. Que escada? A escada em frente à estação? Talvez o rompimento fosse muito recente. Talvez ele a tivesse acompanhado até a estação e só lá dito que estava tudo acabado. Para onde ela estaria indo quando ele por fim disse tudo? Para a casa dos pais? Será que ele a seguiu até a estação e disse que não queria mais estar com ela? Na escada em frente à estação? Na escada que levava à plataforma? E por que malas tão grandes? Talvez ele tivesse rompido com ela na noite anterior. Durante a madrugada ela havia colocado as coisas mais importantes nas malas. Ou mesmo tudo, quem sabe? Naquele momento ela estava a caminho de casa.

O carrinho de serviço atravessava o trem enquanto a menina abandonada dizia para a mãe que ela não precisava comprar a cadeirinha de bebê da vizinha. Que tipo de vizinha pergunta uma coisa dessas: meus netos já estão crescidos, e você ainda não tem nenhum, mas será que não gostaria de comprar a minha cadeirinha? Como se as crianças viessem como resultado dessa compra. E por que a mãe havia mencionado a cadeirinha para a menina abandonada? Os vizinhos têm uma cadeirinha de bebê à venda, você não acha que devo comprar? Ou seria parte das coisas que a mãe tinha dito quando a filha mencionou o rompimento? Ah, então não preciso comprar a cadeirinha da vizinha.

Pedi um chá, e quando a porta da cabine abriu perguntei à minha companheira de viagem se ela queria alguma coisa. Ela recusou, porém com um jeito amistoso. Abriu um sorriso meio constrangido, como se quisesse dizer que não era nenhum problema eu estar lá. Como se a pergunta de verdade fosse: posso mesmo ficar aqui?

Não sei, mas agora estou sentada com um copo de chá, mexendo nos meus papéis. Coloco o copo de papel no assoalho e inclino o corpo à frente para beber. Sinto vontade de fazer alguma coisa por aquela menina. Sei que não há nada que eu possa fazer. E tampouco vou fazer. Talvez o melhor seja ir embora.

Em vez disso, me espalhei um pouco na cabine. Pendurei meu casaco no assento à frente e apoiei a bolsa no chão. Juntas, ocupamos praticamente todo o espaço. Vigio o espaço dela para que outros viajantes não entrem.

Outras pessoas andam pelo corredor. Se eu sair da cabine, outra pessoa vai entrar. Penso que seria pior. Agora ela se acostumou a mim. Ou talvez desse na mesma. Agora estou aqui, apoiada na cortina. O tecido tem listras marrom-claras e bege. Penso nos *Weihnachtsgeschenke* e bebo o meu chá de um copo de papel, e nesse meio-tempo escrevo frases numa folha que na sequência dobro e guardo dentro do meu livro.

#399

Ao chegar em Bremen, descemos do trem. Esperei no corredor estreito ao longo das cabines e deixei a menina sair primeiro. Mantive distância. Eu era apenas uma espectadora, e não uma pessoa da família, mas assim mesmo queria ter certeza de que ela estava em boas mãos.

Na plataforma estava a mãe, uma mulher que usava um conjunto de casaco e calça bege com sapatos marrons e um lenço vermelho no pescoço. A mulher não parecia o tipo de pessoa que tira um dia de folga para cuidar da filha recém-abandonada ou que sonha em ter netos, mas naquele momento abraçou a filha e logo elas puxaram as duas malas pesadas ao longo da estação, atravessaram a porta e foram até o estacionamento, onde seguiram em direção a um dos maiores carros. Foi sorte, porque seria preciso um bom espaço para a bagagem.

Quando vi que as duas entraram no carro e deixaram a estação para trás, segui em direção à cidade, e pouco depois encontrei um hotel onde peguei um quarto com vista para a rua. Certifiquei-me de que ninguém houvesse se hospedado por lá nos últimos dois ou três dias, subi a escada até o meu quarto e entrei.

Do quarto eu podia ver a rua, onde trafegavam carros e trens, e também uma praça, onde trabalhadores penduravam luzes nas árvores. Ainda era meio cedo, pensei enquanto punha água para ferver numa chaleira e observava o trabalho coordenado, mas talvez fosse necessário começar àquela altura para que a cidade toda estivesse iluminada em dezembro.

Eu estava cansada, mas tinha bebido apenas dois chás desde o café da manhã. Fui à cidade fazer uma refeição e assim que voltei ao quarto fui para baixo das cobertas. Pensei em *Weihnachtsgeschenke* e em *Wahlverwandtschaften* e em seguida peguei no sono.

Agora estou sentada em frente à janela, olhando para uma praça vazia em frente ao hotel e para os vagões que passam. Ao longo da calçada, do outro lado da rua, há uma fileira de sacos de lixo nas mais variadas cores. Estão à espera de que o caminhão de lixo os leve embora. Quanto a mim, estou sentada à espera de eletricistas, gruas e guindastes que ainda não chegaram. Penso em dezembro. Penso em *heute* e *morgen* e *übermorgen*. Penso em *gestern* e *vorgestern*. E agora penso também em *Frühstück*.

#401

Hoje tenho um objetivo. Estou a caminho de um lugar. A caminho de casa, eu poderia dizer. Mas já não sei mais onde é a minha casa. Minha casa era Clairon-sous-Bois, mas já não é mais, e agora estou a caminho de Bruxelas. Essa também já foi a minha casa. Numa outra época. Agora a minha casa não é um lugar para onde eu possa ir. Mas hoje tenho um rumo. E trouxe presentes. Estão em duas grandes sacolas no bagageiro.

#402

Parece até que é Natal, minha mãe disse ao ver que havia presentes nas sacolas. Os presentes estavam cuidadosamente embalados, quase todos em papéis com motivos natalinos. Parecia quente demais para o Natal. Notei que havia folhas em parte das árvores no jardim, e na roseira junto ao depósito uma rosa solitária havia desabrochado como um desafio ao outono. A caminho da casa notei que o arbusto de marmelo no pátio ainda tinha frutos amarelos nos galhos, embora a maior parte estivesse caída no chão. Ventava um pouco. Não se poderia chamar aquilo de inverno, e eu mesma teria que providenciar o sentimento natalino.

Minha mãe estava no pátio quando cheguei. Ela estava de folga durante boa parte do dia, porque os alunos da escola internacional onde ela lecionava estavam fazendo uma excursão. Ela tinha estado na escola apenas por cerca de duas horas, e ao voltar para casa tinha ido direto ao pátio. Naquele momento ela saiu com uma tigela na qual pretendia recolher os marmelos. Foi difícil abraçá-la com as sacolas e a tigela entre nós, e também com os movimentos surpresos da minha mãe. Os presentes eram para mais tarde, eu disse quando entramos e deixamos tudo na cozinha.

Tínhamos que chamar Lisa, eu disse. A minha irmã. Podíamos telefonar para ela. Minha mãe disse que tinha falado com

Lisa no dia anterior. Podíamos convidá-la para o jantar. Hoje, ela disse, ou então amanhã, se você pretende ficar. Amanhã, com certeza, eu disse. Eu me referia ao dia dezoito, mas também à véspera de Natal. Minha mãe se referia ao dezenove de novembro.

Estávamos jantando quando uma hora mais tarde o meu pai chegou do trabalho. Comemos na mesa da sala. Minha mãe não tinha juntado os marmelos, porque em vez disso havíamos tomado café.

Durante a refeição, mencionei que eu tinha assuntos a tratar em Bruxelas. Uns livros que eu precisava buscar. Falamos sobre assuntos familiares, como o dia de trabalho do meu pai e o dia de folga da minha mãe, sobre os estudos da minha irmã e sobre a T. & T. Selter. Não falamos sobre o tempo que havia parado, mas falamos sobre a minha companheira de viagem. Eu disse que tinha viajado bastante nos últimos tempos e contei sobre cachorros tristes, arrombamentos, latas de biscoito e reuniões da diretoria em clubes de vela. Recriei as conversas dos meus companheiros de viagem com a mão ao lado da orelha, como um telefone, e afaguei um cachorro invisível embaixo da mesa. Contei da menina abandonada na cabine e falei sobre *Weihnachtsgeschenke* e *Wahlverwandtschaften:* disse que eu gostava do som dessas palavras, e do ritmo, talvez, e que eu estava lendo Goethe e dava a impressão de tomar notas sobre a minha leitura, porque eu não tinha certeza de que era para mim que os meus companheiros de viagem contavam as próprias histórias. De certa forma eu sentia como se estivesse a roubá-los. Eu não queria ser flagrada com a mão na lata de biscoitos.

Meu pai disse que aquilo não era roubar. Pelo contrário: na opinião dele, o roubo estava nas conversas particulares mantidas em público. Isso roubava a paz e a tranquilidade das outras pessoas, a vida particular e talvez até a própria humanidade. Como se a pessoa que está falando estivesse num espaço privado, onde tudo ao redor era um inventário: uma porta, um assento de trem, um bagageiro. Como se os outros viajantes não fossem pessoas, mas objetos. Minha mãe concordou e contou sobre as crianças que muitas vezes eram deixadas em frente à escola por mães e pais de celular na mão. Como se as crianças fossem pacotes despachados para envio, ou sacolas de compras que estivessem sendo levadas para casa. Pensei na minha companheira melancólica e de coração partido. Será que eu não tinha sido mais do que uma sacola no canto? Um bagageiro? Talvez uma cortina para fechar a janela da cabine? Não sei dizer, e os meus pais já haviam trocado de assunto.

Não sei se eles têm razão e não sei se eu faria qualquer objeção a ser uma cortina, mas de repente já era tarde e fui dormir no meu antigo quarto. O cômodo não havia sofrido grandes alterações desde que eu saíra de casa. A cama e a escrivaninha ainda estavam por lá e, a não ser por uma estante com os livros excedentes da casa, praticamente tudo estava como na época em que eu ainda morava por lá.

Acordei cedo. Eram pouco mais de seis horas no relógio da cozinha. Preparei café e sentei junto à mesa do canto. Hesitei um pouco antes de ocupar na mesa o lugar que sempre tinha sido da minha mãe, porque a mesa tinha sido posicionada de encontro à parede, e o lugar que costumava ser meu na minha infância fora espremido. Pensei no quanto parecia estranho, quase errado sentar lá, no lugar da minha mãe, porque desde as minhas mais tenras lembranças tínhamos lugares fixos: eu e o meu pai nos lugares junto da parede, minha mãe na frente do meu pai e a minha irmã ao lado dela. Era lá que nos sentávamos todas as manhãs e todas as noites em uma mistura — um *pêle--mêle*, como minha mãe dizia — de refeições inglesas e belgas, e também numa mistura de palavras inglesas e francesas. Os dois haviam se conhecido quando o meu pai estava de férias na Inglaterra. Minha mãe morava em Suffolk, mas foi morar com o meu pai em Bruxelas assim que terminou os estudos, e sempre havíamos participado daquela mistura na mesa da cozinha, eu e a minha irmã. Mas nossos lugares eram fixos, aquilo era uma configuração familiar sólida, eu não me lembrava de nenhuma outra mesa e de nenhum outro arranjo que não aquele, porque nos mudamos quando eu ainda era muito pequena, e a mesa é a mesma daquela época.

Depois que eu e a minha irmã saímos de casa, a mesa foi empurrada para junto da parede. Assim sobrava mais espaço livre na cozinha, mas em certos anos a mesa era puxada de volta, quando fazíamos visitas. Às vezes passávamos meses em casa, muitas vezes no verão, e assim podíamos sentar todos os quatro juntos outra vez. Agora acho que a mesa passa a maior parte do tempo encostada na parede. Acho que os meus pais sentam para comer de frente um para o outro, no canto, mas não tenho certeza, e quando fazemos visitas em geral comemos na sala.

Às sete horas minha mãe entra na cozinha. Surpresa, mas não surpresa a ponto de eu achar necessário explicar a minha presença. Você sabe onde fica a chave, disse a minha mãe. E as roupas de cama. E o café. Ela falou com um jeito alegre, que me deu a sensação de ser bem-vinda, como se ela visse a minha intrusão como um sinal de que a família permanecia intacta, e como se o lugar que eu havia ocupado na mesa pudesse ser meu sem nenhum tipo de problema em certas ocasiões especiais.

Ela perguntou por Thomas, para certificar-se de que não havia nada de errado, e eu assegurei-a de que Thomas estava à minha espera em Clairon. Minha mãe pareceu aliviada e eu pensei na menina do trem e na mãe dela, que por um tempo precisou dar adeus à ideia de netos e cadeirinhas de bebê, pois mesmo que a minha mãe não diga nada, imagino que de vez em quando ela deve pensar que a cadeirinha alta guardada no sótão um dia ainda pode ser útil.

No instante seguinte o meu pai entrou, igualmente surpreso, porém logo deve ter imaginado que eu havia combinado a visita com a minha mãe para que pudéssemos aproveitar juntos o dia de folga dela. Ele disse que esperava que eu fosse passar uns dias por lá, ou no mínimo que eu ficasse até o dia seguinte, porque naquele instante ele precisava sair para uma reunião às dez horas, mas tentaria voltar assim que possível.

Mesmo assim eu contei tudo. Ainda no café da manhã. Eu disse que era Natal. Que eu tinha levado presentes. Que o tempo havia se estilhaçado. Que eu havia contado os dias, e que se não tivesse me perdido no cálculo aquela era a véspera de Natal. Que eu tinha passado dia após dia com Thomas. Que depois eu havia me mudado para a Rue de l'Ermitage e estado em Paris e por fim me deixado levar por outros viajantes aleatórios. Que o tempo passava e passava, mas assim mesmo não passava.

Eu os tranquilizei. Ninguém havia morrido, ninguém havia se machucado. Era apenas um defeito no tempo. Eu disse que tinha me acostumado à ideia. Que eu era outra. Que eu tinha aberto uma trilha na minha cabeça, limpado a neve, podado os arbustos. Que estava à procura de um caminho, que queria voltar a um tempo normal, mas que precisava do Natal, para que o tempo avançasse, para que eu não vivesse em um dia eterno de novembro. Eu disse que eles podiam me ajudar com dezembro.

Quando terminamos o café da manhã o meu pai saiu para a reunião, mas prometeu voltar o mais depressa possível. Minha mãe fez uma lista para o jantar e saiu para fazer as compras. Ela tinha que cuidar de uns papéis e resolver outros assuntos menores na escola, mas disse que logo estaria de volta. No meio-tempo peguei o telefone dela emprestado, liguei para a minha irmã e contei tudo. Ela devia estar na universidade, onde estudava química, mas ao receber minha ligação decidiu tirar o dia de folga para celebrar o Natal em família.

Quando voltou, minha mãe tinha comprado peru e couve-de-bruxelas. Ela tinha arranjado *Christmas pudding* e *bûche de Noël*, mesmo que fosse novembro. Nosso Natal sempre tinha sido uma mistura: presentes e peru na véspera, e depois as sobras do peru no almoço do dia de Natal. Com pudim. E um pequeno presente na manhã de Natal, para que também fosse um Natal inglês. E couve-de-bruxelas como guarnição obrigatória do peru na véspera. Para o pudim, sempre usávamos sorvete de baunilha, nunca *custard* — ou *crème anglaise*, como o meu pai dizia —, porque a minha mãe nunca tinha gostado de *custard*. Mas sempre havia batatas assadas, todo mundo gostava, e a quantidade de batatas era grande, porque tinha que sobrar para o dia seguinte. Nosso Natal seguia duas tradições: *Christmas* e *Noël*, duas vezes Natal e duas sobremesas pesadas, sem grande harmonia ou equilíbrio, mas tradições não precisam se harmonizar. Precisam simplesmente estar lá. Precisam estar lá como uma espécie de garantia, para que saibamos onde está a terra firme. Quando o mundo se estilhaça. Quando o tempo se parte.

Sinto como se uma coisa tivesse sido consertada ao perceber que estou no meu antigo quarto pensando em *Christmas* e *Noël*. Pensando que duas coisas que não combinam podem assim mesmo ser reconciliadas. A minha mãe e o meu pai. Eu e a minha irmã. O dezoito de novembro e a véspera de Natal, que apesar de tudo fizemos funcionar juntos. Ou quase.

Preparamos a ceia de Natal como se tudo estivesse normal. Eu sei preparar batatas assadas. Sempre fiz muito bem, desde os meus dez anos, e sempre me encarrego dessa parte da ceia. Meu pai chegou em casa e de imediato se ocupou das couves-de-bruxelas. Lisa cuidou do peru, e já no meio da tarde colocou-o no forno. Mesmo que ela tivesse absoluto controle sobre a situação, todos nós ficamos rodeando aquele bicho, virando-o ou ainda espetando-o com um termômetro de vez em quando.

Já era tarde quando sentamos para comer peru com batatas assadas e *bûche de Noël*. Sentamos à mesa da sala, porque era parte do ritual natalino. Insisti em distribuir os presentes, muitos presentes, porque eu tinha várias sacolas cheias. Eu gostaria de não pensar em Thomas, mas não consigo evitar. Ele faz falta. Teria comido as minhas batatas assadas e dito que eu devia prepará-las com mais frequência, e não só no Natal. Teria comido o peru de Lisa com enorme gosto e teria comido as couves-de-bruxelas sem fazer nenhum comentário enquanto perguntava a respeito da marmelada, que era uma tradição natalina da nossa família — não uma tradição passada pelas gerações anteriores, mas que existia simplesmente porque desde que nos mudamos para essa casa havia um marmeleiro no pátio. Todo outono minha mãe colhia os marmelos, no início por obrigação, depois por hábito e, naquele momento, como uma lembrança do ano que havia passado. Na primavera o marmeleiro dá flores vermelhas, depois vêm as folhas verde-avermelhadas, mais tarde os frutos verdes e por fim os marmelos amarelados, grandes e solitários ou ainda reunidos em pequenos grupos ao redor de um galho. No outono, quando estão amarelos, os frutos caem na terra sob o arbusto, e mais cedo ou mais tarde, às vezes no fim de novembro ou talvez já em dezembro, quando ganham uma cor amarelo-escura e um aspecto encerado e meio gorduroso, são todos recolhidos. Primeiro os marmelos ficam em uma tigela na cozinha e ganham pontos marrons aqui e acolá, enquanto soltam um cheiro muito particular, e por fim, num processo que pode muito bem se estender por dois ou três dias, minha mãe prepara uma geleia vermelho-escura e translúcida, e essa cor permanece sempre como um mistério para mim, pois como podem frutos amarelos resultarem numa geleia vermelho-escura? O arbusto mudou com o passar do tempo, porque deu brotos e recebeu uma poda, e dois ou três anos atrás, quando nos mudamos para Clairon, Thomas pediu uma muda para a nossa casa. Ele ganhou quatro, e ao plantá-las disse que mais cedo ou mais tarde nós também aprenderíamos a arte de fabricar marmelada para dar continuidade àquela tradição. Mas esse ano não comemos marmelada na ceia de Natal, porque os marmelos ainda estavam no escuro lá fora, e além do mais a tradição só era uma tradição porque o acaso quis que tivéssemos um marmeleiro no jardim.

Não falamos muito sobre o defeito no tempo durante o jantar. Eu tinha explicado quase tudo ao longo do dia, e acho que os meus pais precisavam de tempo para entender o que estava acontecendo. Lisa mostrou-se bastante interessada nos princípios daquilo, na própria mecânica do funcionamento, que discutimos em vários momentos ao longo do dia, e a certa altura, quando eu e ela estávamos na cozinha guardando as sobras da refeição na geladeira, ela disse que estaria disposta a seguir viagem comigo. Eu disse que não sabia se aquilo seria possível, mas que, se fosse, eu me dispunha a explicar tudo de novo, todas as manhãs. Disse que havia tentado levar Thomas comigo até Paris. Ele tinha hesitado. Não queria ser arrastado para o meu dia de novembro. Mas Lisa não hesitou. Ela achou que era possível. Falou sobre aquilo como se fosse uma temporada de férias. Falou em ir para o sul, rumo ao calor e ao sol. Ela precisava de férias e estava terminando o trabalho de conclusão de curso. Talvez pudesse continuar trabalhando naquilo. Ainda restava uma parte a escrever. Eu podia ajudá-la. Disse que tudo sumiria durante a noite, mas ela achava que esse não era um problema sem solução. Eu podia tomar nota de tudo e dormir com os papéis na minha cama, e no dia seguinte ela escreveria um pouco mais, sem que o tempo houvesse passado. E ao mesmo tempo estaríamos no calor do sul. Mas eu não quero o sul. Quero dezembro e janeiro. Quero um ano que passe.

Pouco depois da meia-noite, quando Lisa foi para casa e os meus pais já estavam dormindo, fui até a cozinha. Encontrei uma bolsa térmica pendurada em um cabide no armário de limpeza e peguei as sobras da ceia na geladeira para guardar tudo na bolsa, porque eu não confiava na capacidade da geladeira de reter a ceia de Natal. No freezer encontrei duas embalagens de sopa de frango. Uma eu coloquei na parte de baixo, a outra na parte superior da bolsa. Lisa tinha guardado as sobras do peru num pote plástico com umas couves-de-bruxelas frias. Arrumei o pote na bolsa térmica e ao lado coloquei quatro batatas grandes, que por sorte consegui guardar em outro pote plástico. Não havia mais lugar, e as últimas batatas ficaram na geladeira. Na parte mais alta da bolsa guardei o último pedaço da nossa *bûche de Noël*, que ainda estava na embalagem.

De repente, enquanto eu fechava o zíper da bolsa térmica em frente à geladeira, senti uma pontada de alegria. Eu tinha visto a embalagem com *Christmas pudding* na mesa da cozinha, e sabia que, se eu quisesse *Christmas pudding* no dia de Natal, seria preciso levá-la para a minha cama. Levei a mão à boca para conter a risada que parecia ter surgido no fundo de mim. Senti quando surgiu na minha barriga e subiu em direção ao meu peito. Tive um pequeno acesso de riso cacarejante com a mão na boca, e aquilo pareceu quase um choro, um choro oculto e alegre, comprimido e livre de qualquer tristeza, um choro natalino cacarejante, que debochava de todos os meus esforços para manter o tempo em ordem, e ri com toda a seriedade da minha insistência nas tradições do Natal, e mais uma vez senti o meu humor, toda a paleta: alegria, desespero, um caos de tristeza e alegria e riso inesperado que de repente adentrou minha noite de Natal.

O episódio não durou mais que uns poucos minutos, e me deixou com um sentimento de alívio, e no mesmo instante em que o riso arrefeceu o motor da geladeira pôs-se a funcionar com um barulho que a princípio soou como o zumbido mecânico habitual de uma geladeira, mas de repente mudou de caráter e passou a soar exatamente como a minha risada tinha soado, meio cacarejante, meio soluçante. Talvez um pouco mais mecânico do que eu, talvez um pouco mais alto também, porque a geladeira não tentava se conter. Simplesmente ficava lá, de pé, com aquela risada entrecortada e quase soluçante. Como se eu a houvesse contagiado. Como se ela risse comigo. Ou então chorasse. Mas não tinha nenhum problema. Uma geladeira que guarda a ceia de Natal tem direito a rir como uma pessoa — ou então a chorar, se assim quiser.

Estou sentada no meu antigo quarto. Deixei nosso *Christmas pudding* no pé da minha cama, sob o edredom, e a bolsa térmica com as sobras da ceia embaixo da cama. Com um pouco de sorte, amanhã vai ser o dia de Natal, porque há sobras, e há pudim, e eu fiz tudo o que podia para que o Natal chegasse. Ajeitei o edredom ao meu redor, pus um travesseiro nas costas e um maço de papel em cima do primeiro volume da *Encyclopædia Britannica*, que os meus pais guardaram no meu antigo quarto. Sinto como se nada pudesse me atingir. Ao mesmo tempo, sinto ausência de tristeza e seriedade absoluta. A noite de Natal, agora posta entre um travesseiro e uma obra de referência, em papel que se lembra de tudo o que as pessoas esquecem, e com uma embalagem de *Christmas pudding* no pé da cama.

Os presentes ficaram na sala, de onde com certeza vão acabar sumindo. Não faz sentido dar presentes que já foram dados antes, então amassei os papéis e joguei tudo na lixeira ao lado da despensa. As sobras da ceia são o mais importante, porque comer sobras faz parte do Natal. Talvez seja esse o motivo da comemoração. Sempre há uma sobra. Levamos sempre uma parte conosco. Talvez por isso a geladeira tenha concordado com aquela risada soluçante.

Agora a geladeira está em silêncio. Passei com todo o cuidado em frente a ela, fui até o quarto dos meus pais e os observei na cama: meus pais, dormindo profundamente, cada um com seu barulho, com seu barulho único, que eu nunca havia percebido enquanto menina, talvez porque na época fosse eu a dormir, e eles a escutar, ou talvez porque os barulhos tenham surgido à medida que os dois envelheciam.

Busquei um copo d'água na cozinha e fechei a cortina do meu quarto. A cortina é a mesma da minha adolescência, e o papel de parede tampouco foi trocado: um padrão diagonal em um rosa meio esmaecido, quase bege. Lembro que aquilo era mais rosa, mas devo estar lembrando errado.

#403

Nossa manhã de Natal começou meio caótica. Os meus pais tinham se esquecido de tudo. Precisei repetir toda a história, desde a minha queimadura até a geladeira risonha, antes do café da manhã.

Eles acordaram enquanto eu preparava um bule de café que acabou forte demais, mas a surpresa foi menor do que eu havia esperado. Minha mãe ficou contente ao ver que eu ainda me sentia à vontade para aparecer sem avisar, e meu pai achou que a minha mãe sabia de tudo. Primeiro sentamos à mesa e bebemos o café forte enquanto eu repetia a longa explicação dada no dia anterior, que naquele momento também continha informações sobre a nossa véspera de Natal, a nossa ceia e o meu encontro com a geladeira. Já no fim do meu relato minha mãe começou a perder a paciência, pegou o pão e a geleia de damasco enquanto o meu pai cancelava a reunião da qual devia participar, e quando voltou para a cozinha ele preparou outro café, menos forte do que o meu, e comemos pão com geleia enquanto os dois tentavam entender a minha história, faziam perguntas sobre detalhes mais ou menos relevantes e me davam conselhos variados, enquanto eu dizia que obviamente já tinha considerado ou mesmo experimentado tudo aquilo.

Depois do café e da geleia de damasco fomos direto para as sobras da ceia, que o meu pai examinou desconfiado, mesmo quando eu disse que tudo tinha passado a noite no frio, numa bolsa térmica, não havia nenhum risco à saúde envolvido naquilo, insisti. As sobras tinham ficado em uma bolsa térmica no meu quarto, e as embalagens de sopa de frango congelada, que eu havia usado para resfriar todo o resto, haviam derretido um pouco, e eu as havia posto de volta no freezer. Na verdade eu não acho que a preocupação dele fossem riscos à saúde. A hesitação devia-se mais ao estranhamento presente na ideia de comer as sobras de uma refeição da qual você participou mas não lembra.

Eu tinha aquecido as batatas no forno, porém minha mãe achou que quatro batatas não seriam o bastante. Ela pegou outras três que haviam ficado na geladeira por não caberem no meu pote plástico, e que para a minha surpresa não tinham sumido, mas a explicação, claro, eu disse ao descrever os princípios do dezoito de novembro, era que eu mesma as havia preparado. Logo comecei a explicar que a passagem entre os dois tempos não era um fenômeno unívoco, que não era uma mecânica simples, mas que parecia — pelo menos foi assim que expliquei para o meu pai — um fenômeno óptico, uma espécie de *fade-out* ou translação, talvez um trançado de dois tempos diferentes, no qual o meu tempo que passa, a minha trajetória no mundo, o meu tempo de consumo e acúmulo, contrastava com o esquecimento geral no mundo, embora não segundo um conjunto de regras e preceitos, mas segundo princípios aproximados e regras rodeadas por uma zona de indefinição, uma incerteza que a mim permanecia insondável, mas que muitas vezes, como no caso das batatas assadas, criava um corte nítido entre as partes do mundo em que eu havia metido o dedo, por assim dizer, e as partes que simplesmente tinham voltado ao ponto de partida.

Expliquei a ele que era justamente nesse ponto em que os dois tempos se encontram que fica a incerteza, mas ele não pareceu muito satisfeito com a minha explicação. Insisti em dizer que não havia regras fixas. Aquilo não era uma mecânica. Talvez as couves-de-bruxelas que ele havia preparado no dia anterior, mesmo sem lembrar, e também as sobras do peru que Lisa tinha assado enquanto nos alternávamos nas tarefas de virá-lo e espetá-lo com o termômetro, ainda estivessem na geladeira. Mas não havia como garantir nada, eu disse. Se eu não tivesse guardado o peru e as couves-de-bruxelas na bolsa térmica no meu quarto, e o *Christmas pudding* no pé da minha cama, naquele momento ele provavelmente não teria nada além de batatas secas para espetar com o garfo. Todo o restante haveria sumido, e não teríamos sobras para comer. Eu sabia bem do que estava falando. Eu tinha a impressão de que as coisas feitas na companhia de Thomas eram mais estáveis do que por exemplo a movimentação do aquecedor a gás com Marie no meu primeiro dezoito de novembro, e talvez esse mesmo princípio também valesse para uma ceia de Natal preparada com a minha família. Mas eu não tinha nenhum interesse em fazer experimentos com as sobras da ceia e arriscar que sumissem.

Meu pai ainda se ocupava com a ideia de comer as sobras da refeição de uma outra pessoa, o que não seria problema nenhum, segundo ele mesmo disse, desde que não imaginasse que aquela era a própria ceia de Natal dele, em pleno dezoito de novembro.

Minha mãe achou que as relações entre as coisas soavam mais como um processo pedagógico, como se as coisas fossem expostas a uma espécie de comunicação, um processo de aprendizado no qual os objetos do mundo precisavam ser retrabalhados, talvez mesmo convencidos, e que não haveria uma única maneira correta para que tudo acontecesse, mas que seria necessária uma adaptação a todos aqueles diferentes objetos. Ela não teve nenhum problema com a ideia de que a transição entre os dois tempos não fosse mecânica. Que houvesse uma incerteza. Meu pai disse que ele também não tinha problema nenhum com isso, e logo os dois começaram a discutir a diferença entre as duas maneiras de enxergar as coisas, tudo numa atmosfera de discordância amistosa, como se a zona de indefinição fosse parte dos pequenos assuntos do dia a dia, como a quantia de café necessária para uma cafeteira francesa, ou a melhor forma de fazer com que a filha adolescente ajudasse com os afazeres domésticos. Medidas ou sensações, pedagogia ou regras, e como muitas vezes antes ouvi os dois mudarem de opinião, pois quando um ia longe demais numa direção, o outro retomava de maneira quase imperceptível o ponto de partida deixado para trás, e logo o equilíbrio era restabelecido.

Nossas conversas não chegaram muito além desse equilíbrio, porque já estava na hora de preparar nosso *Christmas pudding*, que continuava no pé da minha cama e que precisaria de no mínimo duas horas em banho-maria no fogão.

Dessa vez decidimos não ligar para Lisa. Contei que ela tinha pensado em viajar comigo. A ideia não foi muito bem recebida. Eu disse que aquilo não era contagioso, que eu não a arrastaria comigo rumo aos meus dias repetidos, mas os meus pais acharam que eu não devia envolver Lisa.

Não cheguei a mencionar os presentes, que obviamente não estavam mais lá, e ninguém mais se lembrava do que havia ganhado. Ademais, tinham me ocorrido presentes melhores, mas isso, pensei, teria de esperar até o Natal seguinte.

Em vez disso, eu e a minha mãe fomos à cidade. Ela disse que gostaria de me comprar um presente, e o meu pai ficou encarregado de cuidar do pudim no fogão. Minha mãe queria me dar um vestido. Ou então outra coisa, se eu preferisse outra coisa. Acho que ela queria me dar qualquer coisa para evitar que eu levasse também a filha mais nova rumo ao desconhecido, e não tive a coragem de dizer que eu mesma podia comprar todos os vestidos que eu quisesse. Se eu conseguiria mantê-los era outra questão. Seria preciso um pouco de convencimento, um insight no comportamento das coisas, uma pedagogia dos objetos, por assim dizer.

Encontrei um vestido azul-acinzentado de lã que eu podia usar com o vestido preto que eu tinha usado todos os dias desde Paris, e que no meio-tempo eu tinha lavado na pia com sabão ou xampu em quartos de hotel. Não sei se posso manter comigo um vestido novo sem usá-lo o tempo todo, mas botei o vestido por baixo e estou contando que permaneça comigo. Um pedaço de tecido azul-acinzentado sai por baixo do meu antigo vestido, mas visualmente parece que foi planejado. Ninguém sabe que estou treinando o vestido novo para ficar comigo.

Na loja também encontrei um conjunto de roupas de baixo em lã, com ceroulas e mangas longas que posso usar por baixo da roupa quando o inverno chegar. A ideia do inverno me acompanha desde que senti vontade de celebrar o Natal, e quando vi essas roupas de baixo eu soube que precisava arranjar estações. Eu precisava de roupas quentes e de um clima adequado às roupas. De certa forma nós havíamos celebrado o Natal, e ainda nos restava o pudim de encerramento, que naquele momento ficava pronto no fogão, mas o tempo em Bruxelas estava outonal demais, havia folhas demais nas árvores e marmelos no chão.

Minha mãe disse que torcia para que eu conseguisse reencontrar o tempo. Que no fim tudo daria certo. Eu sempre havia trilhado os meus próprios caminhos, ela disse. Não sei ao certo o que ela quis dizer com isso, e tampouco sei se ela tem razão, mas preferi ficar quieta. No instante seguinte fomos interrompidas por uma atendente, e em pouco tempos saímos à rua e tomamos um ônibus que nos levou em direção aos subúrbios.

Quando chegamos de volta, a tarde já estava no fim. O céu tinha começado a escurecer, e os marmelos reluziam em amarelo sob os galhos nus do marmeleiro enquanto caminhávamos ao longo do pátio. Comemos o nosso *Christmas pudding* e mais tarde raspamos a carne dos ossos do peru e preparamos sanduíches. Não estávamos com muita fome depois de comer o pudim substancioso, dessa vez sem o sorvete de baunilha que meu pai havia comprado, porque ele naturalmente havia sumido do freezer durante a noite — um detalhe que eu não havia levado em conta, embora àquela altura já fosse tarde demais e ninguém estivesse a fim de sair atrás de sorvete. Acho que estávamos todos cansados, e já por volta de dez horas nos demos boa-noite e começamos os preparativos para dormir.

Minha mãe veio até mim depois que eu havia deitado e sentou numa cadeira ao lado da cama, como havia feito muitas vezes quando eu ainda era pequena, e na verdade até pouco antes de eu sair de casa, e percebi o desespero da menina adolescente, o desejo de que ela fosse embora para que eu pudesse dar início a uma vida na qual ela não estaria mais presente, e ao mesmo tempo senti vontade de afundar num mundo em que os grandes problemas ficassem todos a cargo dos adultos. Com certeza era um desejo de que ela, a minha mãe, pusesse o tempo de volta nos trilhos e então saísse do quarto. Como aconteceu certa vez durante uma excursão da escola, quando um dos meninos pequenos deslocou o braço. Eu e Lisa também estávamos no passeio, e ficamos observando enquanto a nossa mãe encaixava o braço dele de volta no lugar. Fiquei surpresa e orgulhosa ao ver o alívio no rosto do menino, que até então mantinha o braço numa posição estranha. Minha mãe o segurou de um jeito bem peculiar, ao mesmo tempo delicado e brusco, mais uma promessa do que um puxão, e no instante seguinte tudo estava de volta ao normal. É o tipo de coisa que as mães fazem, devo ter pensado na época. Aquilo me deixou tranquila, saber que a minha mãe sabia colocar ossos deslocados de volta no lugar.

Mas em relação ao tempo que se repetia não havia muito que ela pudesse fazer. Falamos um pouco sobre a possibilidade de já pela manhã estar de volta a um tempo normal, fora do loop, do laço, da repetição, ou como quer que chamássemos aquilo, mas a conversa tinha um ar de obrigação, como se nós duas já tivéssemos falas prontas, ou ainda de uma brincadeira com os pais. Lembro da brincadeira de restaurante, em que meu pai pendurava um pano de prato no braço enquanto eu e Lisa escrevíamos cardápios com pratos estranhos e preços absurdos. Naquele momento havíamos brincado de Natal: primeiro véspera de Natal, depois dia de Natal, e naquele momento brincávamos de encontrar uma saída. Meus pais estavam participando da brincadeira, e a minha mãe parecia estar convencida de que logo tudo estaria resolvido e acordaríamos no dezenove de novembro ou mesmo no vinte e seis de dezembro, ou *boxing day*, como ela dizia. Mas acho que acima de tudo a minha mãe ficou aliviada ao ver que chegamos ao fim do dia sem que eu tivesse envolvido a minha irmã e decidido levá-la comigo. Eu disse que torcia para que ela recolhesse os marmelos e preparasse a marmelada — assim eu voltaria para o Natal.

Claro que eu encontraria uma saída, eu disse. Eu tinha certeza de que havia uma resposta. Em um lugar ou outro precisava haver uma solução. E eu daria um jeito de encontrá-la. Eu queria continuar a minha viagem, admirar a paisagem, ouvir as conversas das outras pessoas. Com um dicionário na mão. Eu encontraria uma coisa ou outra para me ajudar. O mundo é cheio de bons conselhos para quem sabe escutar, eu disse.

Não sei por que falei uma coisa dessas. Comecei a pensar sobre o meu próximo destino, sobre os trens e os passageiros, e naquele momento simplesmente agarrei o pensamento que estava na minha cabeça na esperança de confortá-la.

Minha mãe disse que não tinha pensado nisso. Que era possível escutar o mundo à procura de soluções para os percalços da existência. Em conversas com a família e os amigos, talvez. Mas quanto ao que se poderia extrair das conversas aleatórias de terceiros ela não tinha muita certeza.

Eu disse que tinha, e que com um ouvido atento seria possível resolver todo e qualquer problema que surgisse. Se você ouvisse de verdade. As grandes questões da vida. Tudo. E, se era possível encontrar essas respostas nas conversas entre as pessoas, também valia a pena ouvir o canto dos pássaros. Ou o som do vento. Uma coisa ou outra você sempre acabaria por encontrar.

Eu sabia muito bem que estava levando a conversa por um caminho secundário, porque não tinha pensado em viajar para escutar as conversas de outros passageiros. Nem o vento tampouco. Me senti como uma adolescente que jogara um comentário ao vento e naquele momento se via obrigada a insistir no que havia dito, em parte como um desafio, em parte como se eu quisesse esconder da minha mãe o pensamento que me dominava naquele instante: a ideia de que, a despeito do que eu fizesse, a despeito de eu ouvir ou não, eu jamais escaparia do dezoito de novembro.

Eu disse que sabia que ela pensava de outra forma. Que na visão dela só havia uma forma de resolver os problemas do mundo, porque ela sempre tinha achado que todas as mudanças começam em pequena escala. Com as crianças. Nada mudaria enquanto não nos déssemos conta disso e abdicássemos de nossas relações fracassadas com as mais novas pessoas do mundo.

Minha mãe pareceu aliviada quando a conversa passou a versar sobre o assunto a que ela tinha dedicado toda a vida, desde as minhas lembranças mais antigas: as crianças. Os alunos dela, as filhas dela, todas as crianças do mundo. Na vida dela, todos os dias eram Natal, eu costumava dizer, porque cada criança nascida era aos olhos dela mais uma oportunidade para que o mundo se tornasse um lugar melhor. No fundo, minha mãe acreditava — e ela mesma aceitou esse comentário meu — que, se aproveitássemos a chance todas as vezes, sempre que possível, acabaríamos por ver mudanças discretas, que aconteceriam passo a passo. A guerra, a violência, o abuso de poder, a corrupção, tudo acabaria por diminuir, e assim seria cada vez mais fácil resolver outros problemas: a fome, a doença e a pobreza — tudo o que se pudesse imaginar. Ela sempre tinha pensado assim. Acredito que em razão da própria infância e da própria educação, e acho que ela levava totalmente a sério a ideia de que crianças que não sofrem nenhum tipo de maus-tratos tornam o mundo um lugar melhor por conta própria.

Perguntei para ela se era desse jeito que ela via o mundo, se realmente era tão simples, e ela respondeu que sim. Simples, ela disse, mas nem por isso fácil. E isso não significava deixar que o estado natural prevalecesse. Não mesmo. As crianças precisavam receber ajuda pelo caminho.

Nesse ponto a interrompi, porque já conhecia as opiniões dela sobre os ingredientes necessários à educação das crianças e a uma boa trajetória escolar. As crianças deveriam aprender várias línguas e cultivar um jardim, as crianças deveriam aprender a cantar e a tocar, e além disso precisavam receber apoio incansável e ininterrupto ao longo da infância, porém não um apoio que as impedisse de experimentar coisas novas e de se fortalecer. Era preciso o mesmo tipo de cuidado que temos com as plantas, ela costumava dizer, mas antes mesmo que começasse eu disse que achava que essa forma de pensar era mecânica, embora também macia, uma mecânica da salvação, por assim dizer, na qual as crianças salvariam o mundo. Uma mecânica natalina, eu disse, mesmo sabendo bem que ela não se importaria nem um pouco de ouvir aquela forma de pensar ser chamada de mecânica. Era assim que tanto o meu pai como a minha irmã pensavam: a tecnologia vai nos ajudar.

Então perguntei para a minha mãe. Se ela sonhava em ter netos. Se ela sonhava em tirar a cadeirinha de bebê do sótão. Ela disse que não sabia. Acima de tudo ela queria que as filhas dela estivessem bem. Que ela pudesse ajudar os alunos dela.

Talvez botar um curativo numa ferida ou outra. Um dia, ela disse, um dia era claro que ela queria ter netos, mas por ora o importante era que as filhas dela estivessem bem.

Enquanto ela falava, me enfiei para baixo das cobertas, e a minha mãe ajeitou o edredom ao meu redor, como se eu ainda fosse uma menininha, e de repente começou a cantar "In the Bleak Midwinter", baixinho, como se fosse uma canção de ninar.

In the bleak midwinter
Frosty wind made moan;
Earth stood hard as iron,
Water like a stone;
Snow had fallen, snow on snow,
Snow on snow,
In the bleak midwinter
Long ago.

Ela cantou a música do começo ao fim, com as cinco longas estrofes, e eu não pude deixar de cantar junto, porque sempre cantávamos essa música no Natal, e assim sentei na cama e comecei a cantar. Cantei a voz do contralto, como faço desde que a minha mãe desistiu de fazer com que eu alcançasse os agudos da melodia principal e em vez disso me ensinou a manter o equilíbrio no meio. Minha mãe e Lisa sempre cantavam a melodia principal e meu pai fazia soar as notas do baixo ao fundo, então a minha tarefa era manter o equilíbrio naquilo tudo sem subir à altura da melodia principal nem descer rumo às notas graves do meu pai. Naquele momento cantamos sem o baixo, e mais para o fim estávamos bem entrosadas.

Quando terminamos, minha mãe desejou boa-noite e saiu do meu quarto, e logo depois eu pus o vestido novo. Coloquei o vestido velho por cima e guardei as roupas de baixo em lã na minha bolsa.

Quando a casa ficou em silêncio, esperei até achar que os dois tivessem adormecido. Depois me esgueirei até o quarto para ouvir o barulho deles. Os dois faziam barulhos ao dormir, como um coral desafinado composto por um pai e uma mãe que brincaram de Natal com a filha crescida.

No armário de limpeza encontrei uma lanterna, que levei comigo. Juntei as minhas coisas e peguei dois ou três livros da estante no quarto. Me ocorreu que eu tinha dito que buscaria uns livros em Bruxelas. Agora isso se tornou verdade. Estou com os livros da estante dos meus pais, sentada na cama, à espera. Apaguei os rastros da minha visita, embalei as últimas sobras do nosso pudim num pote plástico e guardei-o na minha bolsa. Espero que a noite apague todas as lembranças do nosso dezoito de novembro, e antes que todo mundo acorde eu vou estar longe de casa.

#404

Agora, sentada no trem, penso na minha família como um núcleo duro com bordas difusas. Como se uma parte estivesse sempre a se esfarelar.

Penso em papel de parede desbotado. Penso no cigarro da minha mãe, que muitas vezes fumava a si mesmo, porque ela estava às voltas com outra coisa. A cinza pendurava-se como uma linha cinza e comprida no cinzeiro, até que alguém a soprasse, e assim ela se esfarelava.

Penso nos dois cubos de açúcar que o meu pai até hoje dissolve no café, o leve tilintar da colherinha e dos cubos de açúcar na xícara, o som do cubo de açúcar que se torna cada vez menor, até desaparecer por completo, deixando para trás apenas o som da colher.

Penso nos banhos quentes que eu e Lisa tomamos na banheira. Tínhamos uma espécie de aquarela com a qual podíamos pintar os azulejos, e no fim as cores se misturavam e se transformavam numa sopa marrom. Quando o banho acabava, tirávamos a tampa do ralo e a sopa ia embora pelo ralo. Outras vezes levávamos um gibi ou um catálogo de brinquedos para o banho e, quando terminávamos de ler, dissolvíamos tudo na água. Colocávamos uma ou duas páginas na superfície da água e primeiro o papel se umedecia, as cores se dissolviam, e aos poucos tudo se transformava em fragmentos cinzentos de papel molhado.

Penso nas línguas da casa, nas confusões gramaticais, no movimento ao redor de palavras que podiam ser concatenadas e substituídas, uma língua de limites soltos e flexível, desde que nos mantivéssemos no interior das quatro paredes da casa, mesmo que existissem categorias quando saíamos. Na escola falávamos francês, e quanto visitávamos a Inglaterra tudo acontecia em inglês. No país dos monoglotas, como a minha mãe dizia, onde os monolíngues eram reis, e onde logo aprendemos a observar as fórmulas da língua, porque ninguém entendia o que dizíamos enquanto não disséssemos *thank you* e *please.*

E agora penso na composteira do pátio, onde galhos e folhas, plantas velhas e sobras de legumes eram jogados numa massa confusa que aos poucos trocava de cor, tornava-se farelenta e por fim era posta na terra como um composto marrom-escuro, sempre repleto de minhocas longilíneas e avermelhadas que se retorciam na luz.

Penso na estufa que foi instalada na casa. Penso no calor e nos pedaços de lenha, que em pouco tempo eram reduzidos a cinzas. Na pilha de madeira sob a estufa, que em poucas horas diminuía de tamanho e precisava ser reabastecida. Buscar lenha no inverno era uma tarefa minha, uma pequena pilha à tarde, depois da escola. Pedaços de madeira que desapareciam e irradiavam calor pela sala até se transformarem em pó.

Toda essa dissolução se transformou em núcleo, em uma família com lugares fixos à mesa, em tradições e em um lugar para onde sempre posso voltar, e penso nos dias nebulosos na companhia de Thomas como se fosse a dissolução que mantém as coisas inteiras.

Mas agora estou sentada num trem, e meus pais com certeza estão andando pela casa como se nada tivesse acontecido. Deixei a casa ainda no escuro, com a lanterna acesa e os postes de iluminação pública a mostrarem-me o caminho. Estava frio, mas não como no inverno, e andei por quarteirões residenciais, passei em frente a lojas e cheguei às ruas importantes e à cidade, onde por fim tomei um ônibus que me levou até Bruxelles-Midi.

Na estação eu sentei no único café aberto. O lugar estava quase vazio quando cheguei, mas nas horas seguintes vi a estação se encher de passageiros enquanto eu trocava de lugar periodicamente à espera de uma solução, uma saída, uma viagem que fizesse sentido, mas não encontrei nenhuma solução a não ser que precisava viajar rumo ao norte, rumo ao frio. Preciso do inverno, e no meio da manhã, quando o fluxo de passageiros mais uma vez diminuiu, comprei um bilhete de trem que pudesse me levar para o norte.

Já não ouço as conversas no trem, porque sei para onde vou, e ninguém diz *Winterreise*, mesmo que já tenhamos cruzado a fronteira da Alemanha muito tempo atrás.

#405
Desci do trem quando chegamos a Colônia, porque era o fim da linha, e ao sair atravessei a estação e cheguei a uma esplanada onde a catedral se erguia ao meu lado, e onde o relógio começou a soar. Eram quatro horas, e estranhamente o tempo estava mais quente do que em Bruxelas. Na esplanada em frente à catedral, fui recebida por um sopro morno. Era uma tarde sem chuva, um tanto quente para novembro e quente demais para

o inverno. Parei no meio da esplanada, virei, voltei à estação e subi no primeiro trem que seguia em direção ao norte. Era um trem com destino a Bremen, e quando cheguei à estação fui até a cidade e encontrei o hotel onde tinha me hospedado depois de entregar minha amiga abandonada à mulher de bege.

Pedi o mesmo quarto da última vez. Já estava tarde, e eu estava cansada demais para sair atrás de uma refeição, cansada demais para pensar nos meus pais, que sem dúvida estavam juntos na cozinha, sentados um de frente para o outro, no canto, talvez com duas tigelas de marmelos e um cheiro de novembro no ar.

Em vez disso comi a sobra do nosso *Christmas pudding*, um jantar meio úmido demais, mas assim mesmo havia um certo consolo naquele sabor, um sabor de cuidado, talvez, como se houvesse pessoas que se importavam comigo, um sabor pronunciado de Natal, família e passado.

Quando escovei os dentes, me vi no espelho do banheiro, cansada e a caminho do inverno. O espelho de maquiagem podia ser virado, e ainda perdida nos meus pensamentos eu o virei. Quando pouco depois ergui o rosto, me deparei com um rosto ampliado, que ainda era o meu rosto, porém maior, e também mais velho, porque um exame mais atento evidenciou rugas e pequenas marcas que eu nunca tinha visto até então. Aquilo foi como um salto. De criança para adulta, quase. A família nos envelhece. Ganhamos rugas das canções de ninar e canções de Natal.

Antes de dormir, tirei o vestido de cima e dormi a noite inteira com o vestido novo. Acordei de manhã cedo, porque estava quente demais para dormir usando lã, mas o vestido ficou comigo, e as roupas de baixo em lã que eu havia deixado ao lado da cama também estão aqui. Estou pronta para o inverno, e ao terminar o café da manhã, comecei a planejar minha viagem rumo ao norte.

Eu tinha pensado em ir para a Noruega, em descobrir um ferry que me levasse ao longo da costa e me deixasse num lugar com neve, e passei boa parte do dia examinando rotas de navio — primeiro um que zarpava de Kiel, mas infelizmente não fazia a viagem no dezoito de novembro. Eu poderia zarpar no dia dezenove, mas não posso esperar até lá. Saindo da Dinamarca havia duas rotas: uma lenta e uma rápida. A lenta zarpava à noite. Mas o que aconteceria se eu estivesse em um navio durante a noite? Será que um ferry não poderia atravessar o dezoito de novembro? Será que não poderia chegar ao dezenove? Será que não levaria consigo o próprio ponto de partida? E eu junto? Era uma questão complexa, e na agência de viagem onde pedi informações não me disseram nada além de que o navio partia às 18h30. Eu poderia chegar a tempo se pegasse o trem das onze, e assim estaria na Noruega ainda cedo de manhã. No dia dezenove. Em teoria. E também havia outro ferry, um ferry expresso, mas naquele dia ele tinha sido cancelado. A Noruega fora atingida por uma tempestade, e o ferry tinha sofrido avarias. Se não fosse por isso, eu poderia estar na Noruega antes da meia-noite. Me ofereceram várias opções aéreas, mas eu não confiava nos voos do dezoito de novembro, ou nos aviões em geral, e também não dirijo, então no fim decidi pegar um trem. Eu pegaria um trem para a Dinamarca e de lá seguiria rumo ao norte. Seria mais lento, mas também mais fácil, e amanhã pela manhã eu vou pegar o trem rumo ao norte. Estou sentada ao lado da janela no meu quarto de hotel durante a tarde, o dia está nublado e eu estou a caminho do inverno. Olho para a rua lá embaixo: a estação é perto, e consigo vê-la se abro a janela e me inclino para a frente. Consigo ver a praça do outro lado da rua, onde estão instalando luzes nas árvores. Os trens passam e eu ouço o barulho que fazem, a aceleração e as freadas, vejo o céu cinzento e sinto o frio no ar, não é como o dia chuvoso em Clairon, não é como o dia frio de novembro em Paris, não é como o outono em Bruxelas, porque não há vento, não é como a tarde morna demais em Colônia — aqui há um ar cortante que talvez anuncie a chegada do inverno.

Mas por que eu não vou para um lugar mais quente? Para a Espanha ou a Itália, para uma ilha grega, para uma praia tranquila? Eu devia querer sol e verão após tantos dias de chuva, mas o que eu quero é o inverno. Quero dezembro e janeiro. Quero um ano que passe. Quero o frio e a escuridão do inverno, não apenas um dia com pancadas de chuva e sol frio, não apenas dias amenos com chuva e mais chuva, não apenas céu cinzento e ar cortante.

#406
Não há muito inverno por aqui, tampouco muita neve. É o meio da tarde. Tudo aqui é cinza e quieto, e não muito frio. Peguei o trem de Bremen para Hamburgo hoje cedo, assim que terminei o café da manhã. Atravessei as paisagens do norte da Alemanha, que ontem mal se revelavam em meio à neblina da manhã. Estava claro nos arredores de Neumünster, e pouco depois atravessamos uma neblina espessa, que só permitia a umas poucas árvores retorcidas e praticamente nuas que se revelassem ao lado da ferrovia. Em pouco tempo a neblina desapareceu por completo, e agora estou na Dinamarca, em Odense, onde já estive anos atrás quando participei de um leilão com Thomas, e ficamos sentados aqui, exatamente onde estou agora, em um café no canto mais distante da estação. Ficamos sentados à espera do nosso trem, e agora estou sentada à espera do meu trem. Devia ser inverno quando estivemos aqui, mas já não lembro ao certo. Também pode ter sido o início da primavera. Só lembro que de repente começou a nevar. Tínhamos muita bagagem em razão dos livros comprados no leilão. Foi no primeiro ano da T. & T. Selter. Com frequência viajávamos juntos para os leilões

e voltávamos com bolsas e malas cheias de livros para casa, não em Clairon, mas em Bruxelas, onde a empresa tinha umas prateleiras e uma escrivaninha no canto do meu apartamento microscópico, e para onde Thomas havia se mudado com os estágios iniciais da T. & T. Selter. Demos sorte com parte das compras: tínhamos descoberto o nosso tino para livros antiquários. Pouco a pouco eu tinha desenvolvido um sentido — era assim que parecia: um sentido — ou pelo menos uma sensibilidade especial para livros, para a tipografia, para o papel e as ilustrações científicas, e logo descobrimos que sabíamos escolher livros certos, e que sabíamos onde encontrar compradores, ou melhor, que Thomas sabia onde encontrar compradores que logo descobriram que éramos capazes de encontrar os livros que desejavam, e até mesmo os que não sabiam que desejavam. Estávamos empolgados, frequentávamos leilões, carregávamos malas e bolsas e sabíamos que estávamos juntos naquilo, que aquele trabalho a dois, aquele trabalho em equipe era o que fazia com que as coisas dessem certo para nós: éramos sócios que viajavam, amavam, compravam e vendiam, faziam descobertas interessantes e ocasionalmente uma aquisição errada, que levava muito tempo para vender, mas não havia problema nenhum, porque também estávamos juntos nos erros, a despeito de quem os tivesse cometido, e também nas descobertas bem-sucedidas.

Na estação, tínhamos encontrado o café onde agora estou sentada numa poltrona com os meus papéis à frente, e sentamos num sofá com toda a bagagem ao nosso redor, as xícaras de café e um bolo ou um sanduíche, ou o que quer que fosse. Bem antes do nosso trem chegar levantamos para descer às plataformas, que ficavam no andar abaixo do café e podiam ser vistas a partir das grandes janelas panorâmicas da estação. Enquanto carregávamos e puxávamos toda a nossa bagagem, a neve começou a cair sobre os trilhos e as plataformas onde o nosso trem logo havia de aparecer.

A neve caía em flocos grandes que rodopiavam de um lado para o outro, hesitando em razão do tamanho. Nosso trem ainda não tinha chegado, e assim ficamos perto da janela, observando os enormes flocos que pairavam acima dos trilhos e dos telhados. Muitos viajantes haviam se reunido junto às janelas para observar a neve que caía lá fora e se acumulava nos telhados acima das plataformas, nos trilhos vazios e sem dúvida nas ruas ao redor da estação, nas casas e estradas que não conseguíamos mais ver em razão da neve que havia tomado conta de tudo. Estávamos como que num recipiente de vidro, não como uma daquelas cúpulas vendidas como suvenir, nas quais a neve cai em cima de uma cidade ou de uma construção ao serem agitadas, mas o contrário: era o mundo exterior que tinha sido agitado enquanto nós permanecíamos imóveis, e a neve caía sem parar ao redor da estação, que de repente deixou de ser uma estação qualquer e se transformou numa atração, num lugar de magia.

Quando saímos mais tarde, a neve tinha parado de cair, mas havia uma camada branca por cima de tudo, e no trem atravessamos toda aquela brancura, que já havia mais uma vez desaparecido, talvez porque já tivesse derretido ou ainda porque havíamos chegado a lugares onde não havia nevado. Não sei, porque já não estávamos mais ocupados com a paisagem. Tínhamos retirado parte das nossas compras das bolsas no trem meio vazio e colocado tudo na mesinha à nossa frente. Lembro que eu folheava um pequeno volume intitulado *De analysi aquarum frigidarum*, e lembro que havia um exemplar do *Traité des affinités chymiques*, traduzido do latim para o francês, mas ambos por um autor sueco, Bergman ou Bergson, acho eu. Talvez eu me lembre desses livros porque foram aquisições equivocadas, praticamente impossíveis de vender. Passados anos conseguimos vender a primeira dessas obras, e a segunda permaneceu conosco, sem dúvida porque eu não havia notado que faltavam duas ou três pranchas que deviam estar no final do livro. No fim, demos o livro de presente de Natal para Lisa, porque ela tinha começado a estudar química. Não recordo os títulos dos outros livros comprados na ocasião, mas lembro-me deles como obras que encontramos em meio a um redemoinho de neve.

Sem dúvida foi isso o que me trouxe para cá. Pensei no inverno, mas hoje não está nevando, e não há nenhum inverno à vista, a não ser pelas velas em cima das mesas, que tentam mostrar o caminho que leva ao inverno. Novembro ainda está muito presente no ar. É novembro na poltrona macia, onde estou longe do trajeto dos outros viajantes e onde equilibro minhas folhas brancas e escrevo a respeito da neve, porque ainda não comecei a usar o meu bloco de notas encadernado em lona verde. Escrevo sem pauta e sem nenhum tipo de alinhamento num pequeno maço de papel usando uma pasta como apoio, mesmo que o bloco de notas encadernado em lona fosse mais fácil de usar em poltronas, mesas de café e assentos de trem, mas eu continuo a escrever e a pensar que os meus papéis soltos talvez guardem minha última esperança de que o defeito no tempo seja temporário, minha esperança de que eu não chegue ao fim da folha seguinte porque o tempo voltou ao normal e não há mais nada a contar.

Já não acredito mais que o tempo possa voltar ao normal de repente, mas preciso manter-me aberta à possibilidade. Ao mesmo tempo escrevo a primeira linha no bloco, permito que o meu dia de novembro prossiga, linha após linha, página após página, até que o bloco se encha de dezoitos de novembro. São muitas páginas, muitas linhas, e não devo pensar tão adiante. Quero sair de novembro e voltar a um mundo com estações. Quero neve e geada na grama, talvez uns dias com tudo congelado, não necessariamente um inverno inteiro gelado ou montes de neve com metros de altura, mas simplesmente um inverno, dias frios e pátios com sombras brancas, noites com céus frios e estrelados, que de vez em quando tragam neve. Quero o vento e o frio de janeiro. Quero poças d'água com finas crostas de gelo, que se quebram ao serem pisadas. E vento. Vento de inverno. *Frosty wind*. E neve, a neve que cai no pátio do velho Selter, suficiente para deixar os alhos-porós sob uma fina camada branca, e as acelgas macias com um centro de folhas crespas que só voltam a crescer quando a geada vai embora. E a primavera que vem a seguir. Quero o vento fresco e o sopro morno da primavera. Quero março e abril e o sol baixo da primavera. Quero sol ameno e dias de Páscoa. Quero maio e calor. Quero junho e julho e agosto, mas apenas se vierem depois do inverno e da primavera. Quero verão e praia. Quero dias no sol quente demais e entardeceres amenos. Noites sentada na rua à meia-noite, com os sons da noite. Quero o fim do verão e o início do outono, quero a neblina matinal de setembro e o sol claro de outubro com as folhas que caem porque o tempo passou. Quero que as estações sejam postas em ordem, que se mostrem confiáveis, que cheguem com passos largos na ordem correta.

Não sei por que não olhei a previsão do tempo antes de sair do trem, porque eu poderia ter dito a mim mesma que não se chega ao inverno com poucas horas de viagem rumo ao norte, e agora estou sentada em minha poltrona num canto da estação pensando no inverno, mas preciso ir adiante, não é aqui que vou encontrar o inverno. Descubro os sons da estação, chamados no sistema de som, os chiados de uma máquina de café, o tilintar de xícaras, um leve som de trens que param. Sento de frente para os viajantes, para os casacos leves demais para o inverno, para os cachecóis folgados, para as bolsas e mochilas leves, e tudo é novembro ao meu redor, mas no instante seguinte eu saio para tomar um trem rumo ao norte, comprei um bilhete para Copenhague, onde vou trocar de trem e ir para Malmö, e assim vou estar na Suécia, rumo ao inverno. Rumo a uma coisa similar a dezembro, a uma coisa que possa mostrar-me o caminho até janeiro. E fevereiro. É o que espero.

#407

Foi a caminho do trem que as coisas deram errado. Eu não tinha sequer chegado à plataforma. Tinha acabado de levantar e mal havia saído do recanto no café quando pisei em falso. Não porque eu não tivesse notado a diferença de altura: havia um degrau entre a área da estação e o lugar mais reservado onde eu estava sentada. Não, foi porque pus a bolsa no ombro e assim desloquei o meu centro de gravidade no momento exato em que eu pisava na área da estação, ou melhor, imaginava estar pisando na área da estação, porque pisei em falso, apoiei o pé no meio do degrau e a minha perna cedeu, perdi o equilíbrio, torci o pé, virei de lado e caí com bolsa e tudo no meio da estação. Não que eu tenha me machucado em razão da queda em si, mas torci o tornozelo com tanta força que ao levantar não conseguia nem ao menos encostar o pé no chão. Duas pessoas que estavam passando me ajudaram e me estacionaram ao lado de uma mesa alta, que eu pude usar como apoio. Assegurei-os de que não tinha sido nada, não havia por que se preocupar.

Minutos depois, já um pouco recuperada, consegui apoiar o pé o suficiente para manquejar até a descida que levava à plataforma quatro, de onde o meu trem partiria. Por sorte eu ainda tinha bastante tempo, e da janela pude ver que o meu trem ainda não tinha chegado, então fui até a escada rolante, desci até a plataforma e manquejei ao longo dos trilhos, onde o trem havia surgido naquele exato momento.

Ainda faltava um bom tempo para a partida, e segui mancando ao longo da composição, em busca do meu vagão. Consegui encontrá-lo e puxei tanto o meu pé como as minhas bolsas para dentro, e então ocupei meu lugar antes que o trem partisse. O assento ao meu lado estava vago, e sentei de costas para a janela, tirei a bota do pé machucado e o apoiei em cima do assento vago.

Na hora seguinte o meu pé inchou tanto que desisti de calçar a bota quando nos aproximamos de Copenhague. Meu pé doía tanto que toda a minha vontade de seguir viagem rumo à Suécia tinha desaparecido. Subi de escada rolante até a estação e num guichê de informações perguntei onde eu podia encontrar uma farmácia para arranjar bandagens e quem sabe analgésicos, e também um hotel onde eu pudesse me hospedar durante a noite.

Na farmácia, que por sorte ficava bem ao lado da estação, comprei uma caixa de analgésicos e uma faixa de compressão para o meu pé, mas também recebi orientações de procurar ajuda médica, porque a dizer pelo tamanho do inchaço, aquilo podia ser mais do que uma simples torção. Meu tornozelo podia estar quebrado, ou os tendões podiam estar lesionados, disse a atendente quando me apoiei num pé só e, com a bota na mão, tentei pagar pelas minhas compras. De qualquer forma, a ideia era permanecer em repouso e de preferência manter o pé numa posição elevada, em cima de almofadas, por exemplo. Ela me deu o número de telefone do plantão médico e o endereço de um pronto atendimento.

Sentada num banco da farmácia, enrolei a faixa de compressão no meu pé, saí para a rua e logo encontrei o hotel, que ficava a poucos minutos a pé da farmácia. Atravessei uma rua larga, caminhei rumo a entrada no hotel e fui até a recepção, ainda com a bota na mão, porém naquele momento com uma faixa de compressão no pé, o que dava sentido à bota na minha mão. Por sorte havia quartos disponíveis, e quando expliquei o meu problema com produtos de limpeza recebi o cartão para um quarto que não tinha sido usado por dois ou três dias em razão de uma pequena infiltração no teto. Peguei o elevador até o meu quarto, tomei dois comprimidos analgésicos, deitei na cama com o pé num travesseiro e fiquei olhando para o estrago causado pela infiltração, uma mancha escura no canto do quarto.

Não dormi muito à noite, e hoje pela manhã não desci para tomar café. A dor, que havia melhorado ao longo do dia, tinha voltado à noite, e mesmo que eu houvesse tomado dois comprimidos da farmácia não haveria como evitar uma ida ao pronto atendimento. Não era inverno, e eu tampouco havia chegado ao norte, ou melhor, não havia chegado muito ao norte, e agora estou aqui sentada, esperando que os comprimidos comecem a fazer efeito. Dormi com o meu vestido de lã, mas isso não basta para trazer o inverno. Aqui está quente, e em pouco tempo eu tiro o vestido novo, visto o velho e vou à emergência médica.

Havia uma fila de espera, porém menos longa do que a recepcionista do hotel tinha imaginado, e agora estou de volta ao quarto do hotel com uma nova bandagem e novas explicações na bagagem.

Peguei um táxi até a emergência, passei duas horas na sala de espera e após um rápido exame me vi sentada num longo corredor, à espera de um raio-x. O médico não achou que o meu pé estivesse quebrado, mas por segurança resolveu examiná-lo mais de perto.

Numa das outras cadeiras dispostas no longo corredor havia outra mulher da minha idade, talvez um pouco mais velha, com um menino ferido. A mulher tinha se desequilibrado numa bicicleta de carga ao frear num semáforo vermelho e o filho dela tinha caído e ficado com a mão espremida sob o peso da bicicleta derrubada. Ele tinha gritado muito, como nunca havia feito em seus cinco anos de vida. Ele nunca tinha sido de chorar muito, disse a mulher, porém daquela vez foi diferente, ela estava temerosa de que ele tivesse quebrado a mão e assim o levou direto para o pronto atendimento, que não ficava muito longe, e naquele momento os dois estavam lá, como eu, à espera do raio-x. O menino tinha parado de chorar, mas tinha a mão inchada, e assim ficamos lá sentados, cada um com o seu machucado, enquanto trocávamos experiências. O menino falava inglês porque tinha frequentado um jardim de infância internacional quando a mãe passou um período de estudos na Holanda, e de repente ele demonstrou grande interesse pelo meu machucado. Eu tinha chorado? Por que não tinham me levado até o pronto atendimento assim que me machuquei? Eu tinha feito mesmo a viagem inteira com o pé em cima do banco? Ele olhou para a mãe, que claramente não deixava o filho pôr os pés em cima de assentos. Assegurei-o de que eu havia tirado a bota primeiro, e a mãe acenou a cabeça com um gesto de aprovação. Ela era meteorologista e estava levando o filho para o jardim de infância antes de ir para o trabalho no instituto de meteorologia quando o acidente ocorreu.

Falamos um pouco sobre o tempo e a minha vontade de viver dias mais frios, e para a minha própria surpresa contei para aquela mulher que eu trabalhava para um estúdio de cinema e estava visitando diversas locações possíveis para um longa que seria filmado a partir de novembro do ano seguinte, e que tinha cenas em várias estações. As cenas do outono seriam filmadas em Flandres, eu disse, mas naquele momento eu estava a caminho do norte em busca de locações para as cenas de inverno. Havia lugares com uma chance razoável de neve em novembro.

A mulher acreditou na história, e como apesar de tudo precisamos continuar esperando ela tirou o laptop da bolsa e começou a procurar lugares com neve. Encontrou dois ou três lugares na Suécia e na Noruega, e quando o filho em seguida foi chamado para o raio-x ela pediu que eu a esperasse na saída. Pouco depois fui chamada para tirar um raio-x do pé. Não havia nenhuma fratura, mas eu tinha sofrido uma torção séria. Levaria semanas até que eu me recuperasse, e eu não poderia fazer muito mais do que repousar o máximo possível. Refizeram a bandagem no meu pé com um reforço de plástico, para que eu pudesse andar na rua, mesmo sem poder usar sapato.

O filho da meteorologista também não havia quebrado nada, e depois de avisar que não iria comparecer ao trabalho em razão do acidente, ela sugeriu que fôssemos para um café dar uma olhada nas minhas estações. Ela tinha prometido um sorvete para o filho. Imaginei que não seria muito difícil achar um lugar assim, e então os convidei para almoçar.

Logo depois estávamos numa cafeteria próxima com café, sanduíches e uma porção de sorvete para o filho da meteorologista. Quando terminamos de comer e ela terminou metade da refeição do filho também, a meteorologista mais uma vez pôs-se a consultar as estatísticas relativas à quantidade de neve em novembro na Escandinávia e mostrou-me diversas páginas na internet onde eu poderia continuar as minhas buscas, se assim quisesse. Caso eu tivesse um pen drive ela poderia copiar tudo o que havia encontrado, e eu poderia continuar o meu trabalho a partir desse material. Respondi que não tinha, mas disse que podia sair para comprar um e quem sabe levar o filho dela comigo. Eu tinha visto uma loja de brinquedos pelo caminho, e pensei que podíamos escolher um presente para ele enquanto ela trabalhava remotamente.

O menino ficou empolgado com a ideia de fazer um passeio à loja de brinquedos e sem hesitar pegou a minha mão com a mão boa e disse para a mãe que íamos ver brinquedos. A mulher hesitou um pouco antes de concordar, porém logo saímos do café em direção à pequena loja. Eu manquejando, o menino com a mão enfaixada.

No caminho falamos sobre jardins de infância, e ele me contou com o inglês de criança sobre as diferenças entre um jardim de infância holandês e um jardim de infância dinamarquês. Eu contei sobre o meu jardim de infância belga, e em pouco tempo estávamos discutindo jardins de infância e jardins para crianças, e por que os jardins de infância tinham jardim no nome.

Quando chegamos à loja de brinquedos, para minha surpresa o menino escolheu um regador vermelho com bolinhas brancas em vez de bonequinhos ou um dos vários kits com blocos de montar. Acrescentei uma colher de jardineiro e quatro envelopes com sementes de legumes, que a atendente guardou numa sacola para ele, e depois de uma passada na loja de produtos eletrônicos um pouco adiante na rua voltamos para o café. Eu tinha arranjado o meu pen drive e por um instante pensei em comprar também um laptop, mas com certeza o computador não conseguiria reter os meus dados, e assim abandonei a ideia.

Quando pouco depois voltamos ao café, o filho da meteorologista tinha a sacola da loja na mão enfaixada e o regador na outra. Ele lançou um olhar em direção à mãe, como se quisesse saber o que ela diria a respeito do presente. A meteorologista ficou contente de saber que ele conseguia usar as duas mãos sem dor, sorriu ao ver o regador e me contou que eles estavam preparando uma horta comunitária no pátio do prédio onde moravam.

Entreguei o pen drive e ela começou a falar sobre as curvas de temperatura e outros dados que havia reunido. Disse que tinha encontrado lugares onde havia nevado em novembro todos os anos nos últimos cinco anos. Via de regra era preciso ir um pouco mais ao norte para ter a garantia de neve, mas naquele exato momento havia neve no sul da Suécia. Naquela manhã havia nevado em Lund. Três centímetros, segundo ela disse. Mas a temperatura havia subido, então a neve estaria derretida antes que o dia chegasse ao fim. Em Estocolmo havia chovido e depois o tempo havia melhorado, mas a noite trouxe geada. Não era nada estranho, mas tampouco era o tipo de coisa com a qual eu pudesse contar. Para ter a garantia de neve ou geada, eu precisaria seguir rumo ao norte, mas do ponto de vista meteorológico não seria difícil encontrar locações adequadas.

Ela também havia reunido informações relativas ao clima de primavera e verão. Tinha reunido estatísticas a respeito de várias regiões, e também boletins sobre o clima daquele momento. Havia muitas possibilidades. Para as cenas de primavera ela tinha escolhido lugares com um pouco de chuva, para que não fosse seco demais, mas se isso seria o bastante para criar a ilusão de primavera ela não saberia dizer. Naturalmente eu poderia ir para o hemisfério Sul. Lá era primavera em novembro. O Sul da Inglaterra seria uma possibilidade mais próxima. Ela mesma tinha passado férias na Cornualha, onde o outono era tão quente que os criadores de ovelha tinham começado a preferir que os cordeiros nascessem no meio do outono, e não na primavera, como a natureza fazia. Segundo ela, havia um clima muito primaveril nas paisagens dos campos, cheias de cordeiros recém-nascidos.

O verão podia ser achado mais ao sul. Ela tinha encontrado lugares com aquilo que os europeus do norte consideram um clima típico de verão: sol, calor, poucas nuvens e água com temperatura de cerca de dezenove graus. Havia dois ou três lugares assim no sul da Espanha que talvez servissem. Naquele momento, as previsões eram de noites mornas e tardes sem vento, e ela achava que seria possível encontrar lugares com clima similar ao verão.

Não havia como garantir que o ano que vem acompanharia as estatísticas, mas já seria um ponto de partida. Agradeci. Ela não imaginava o quanto aquilo ia me ajudar, eu disse, e então comecei a falar sobre o filme. Contei que a história acontecia ao longo de um ano inteiro, de um outono ao outro: um homem ficava sozinho ao perder a esposa, mas assim mesmo decidia cultivar verduras e legumes na mesma quantidade que cultivava quando a esposa ainda era viva. O filme era uma história sobre as pessoas que o homem encontrava na tentativa de honrar o excesso produzido na horta. Usaríamos hortas de todas as estações e tínhamos poucas semanas para filmar as cenas ao ar livre, e assim precisaríamos viajar conforme o clima. A meteorologista perguntou se teríamos legumes e verduras em diferentes estágios de crescimento nas locações, e como pretendíamos resolver esse problema. Respondi que ainda não havíamos decidido, mas que parte dos legumes e das verduras podiam muito bem ser plantadas durante as filmagens. Não sei de onde vêm essas mentiras. Nunca tive o hábito de mentir, mas naquele momento eu inventava um filme que não existia.

Por sorte a meteorologista começou a filosofar sobre a nossa estranha relação com as estações do ano. Ela falou sobre as estações astronômicas e as estações meteorológicas. Sobre a divisão do calendário em meses quentes e meses frios, sobre o espanto das pessoas quando os fenômenos meteorológicos não correspondiam ao calendário, mesmo que todos soubessem que as tentativas de sincronizar o tempo com a previsibilidade dos planetas e dos calendários era um esforço fadado ao fracasso.

No mais, ela não achava que as estações deviam ser encaradas como fenômenos meteorológicos. Segundo ela, os fenômenos meteorológicos eram a temperatura e a precipitação. Frio e calor e secas e tempestades. Mas o que eram estações? Para ela, seria mais apropriado tratá-las como fenômenos psicológicos. Um conjunto de lembranças. Estereótipos aceitos. Conglomerados de vivências e sentimentos, talvez. As pessoas perguntam se o verão não vai chegar, mesmo que já estejamos em julho, simplesmente porque está um pouco frio. Como meteorologista, às vezes as pessoas quase exigem de você que certos fenômenos meteorológicos ocorram em certas épocas, ela disse. Um verão de verdade. Um inverno de verdade. Como se os meteorologistas não tivessem feito o próprio trabalho a não ser que providenciem um determinado tipo de clima. Então esse ano não vai ter inverno? Como se as estações fossem ideias que trazemos conosco. Desde a infância, talvez, ela disse, com a neve do inverno e o sol do verão. Ou talvez nem isso. Talvez as estações humanas pertencessem mais ao reino dos filmes, ou dos álbuns de fotografia. Especialmente durante a infância. Ela mesma tinha feito isso: tirado fotos de estações típicas. Ela tinha notado que tirava mais fotos quando as estações correspondiam às expectativas: fotos de neve no inverno e de sol claro no verão, um dia quente na praia, folhas vermelhas e amarelas e uma criança de galochas no outono — e sempre fotos com chinelos no verão, mesmo num verão em que as galochas também fossem necessárias. Como se tivéssemos modelos para as estações do ano e, quando tudo corresponde ao modelo, tirássemos fotos. Como se o fato de o tempo vir conforme o esperado fosse um acontecimento em si mesmo. Se um filme se passa no inverno, sempre tem neve, ela disse. Ou então geada. Mesmo que o filme se passe no sul da Europa, sempre cai um pouco de neve, para mostrar que é inverno.

Eu também gostaria de um pouco de neve, eu disse. Basta um pouco. Apenas o bastante para que não fosse mais outono. Umas flores murchas com neve ou geada estariam bem. Ou árvores nuas com o céu do entardecer ao fundo. Fileiras de alhos-porós com cristais brancos, e talvez uma estufa com o telhado coberto de neve. Poças d'água com uma fina crosta de gelo, que se quebra ao ser pisada, eu disse.

Tudo aquilo pareceu diverti-la. Ela olhou para o menino, que havia subido no colo da mãe e aberto a caixa com os envelopes de sementes. Falamos sobre a primavera e as lavouras que brotam. Mas na verdade a maioria das lavouras é semeada no outono, ela disse. Elas crescem e estão verdes a essa altura do ano, mas assim mesmo pensamos no outono como lavouras marrons e em tudo o que é verde como primavera.

Eu disse que parte das sementes nos envelopes do menino podia ser semeada agora. Se você semeia couve-flor em vasos no outono, mais tarde pode transplantá-las, e assim ter couves-flores antes da época. Se eles dessem sorte, podiam ter couves-flores antes mesmo que as lagartas aparecessem para devorar tudo. Se ela tivesse uma varanda, as couves-flores poderiam ficar no lado de fora depois de brotar, ou então elas poderiam ser plantadas no jardim e cobertas durante o inverno, caso fizesse muito frio. Notei que esse era um dos conselhos de jardinagem do avô de Thomas. Ele sempre tinha semeado couve-flor no outono. A meteorologista disse que aquilo não parecia estar certo. Mas você pode, eu disse. Pensei que naquele momento devia estar fazer tanto calor no centro de Copenhague como fazia em Clairon quando o velho Selter era jovem, mas talvez novembro estivesse um pouco atrasado. A semeadura das couves-flores durante o outono constava nas notas do velho Selter, guardadas na casinha de ferramentas, e eu e Thomas o vimos inspecionar os vasos cobertos durante o inverno, quando ainda não havíamos tentado. É difícil semear quando a natureza está se fechando.

Quando trocamos mais umas frases sobre jardins e brotos e a varanda, que a partir daquele momento seria usada para as couves-flores, a meteorologista me entregou o pen drive e se preparou para ir embora. Ela ajudou o filho a passar a mão enfaixada pelo braço do casaco. Estava claramente aliviada de saber que o ferimento não era grave, e também me desejou melhoras. Agradeci mais uma vez pela ajuda e a lembrei de guiar com atenção, e logo nos despedimos no meio da rua. Eles não iam muito longe, na verdade estávamos no próprio cruzamento onde o acidente tinha ocorrido, e eles moravam um pouco mais adiante naquela mesma rua, ela disse antes de apontar para o ponto de ônibus onde passava um ônibus que seguia rumo à cidade.

Enquanto esperava o ônibus eu tive um leve sentimento de inverno. O ar estava úmido, mesmo que não chovesse. Sem o meu vestido de lã e com o pé coberto por uma faixa de compressão e um invólucro de plástico, eu estava com frio. Quando subi no ônibus, pensei que talvez o tempo por lá afinal estivesse como um dia de dezembro em Bruxelas ou Clairon. Havia começado a escurecer, e eu já sentia que a minha amiga meteorologista tinha me indicado o caminho rumo ao inverno.

De volta ao quarto, peguei o pen drive na minha bolsa. Minha confiança na tecnologia do dezoito de novembro é mínima, e não tenho grandes esperanças de que as informações gravadas ainda estejam no pen drive amanhã. Por sorte há um computador no lobby, e daqui a pouco vou pegar o meu bloco de notas verde e anotar as informações que me interessam. Não para um filme, mas para as estações que estão à minha espera num lugar qualquer do dezoito de novembro.

#408

Quando hoje pela manhã levantei e desci ao lobby, o pen drive estava mesmo vazio. Eu tinha passado quase todo o restante da tarde no computador do hotel, copiando as informações mais importantes da meteorologista para o meu bloco de notas verde. Na recepção também imprimi curvas de temperatura e gráficos de precipitação, que então dobrei e guardei entre as páginas do bloco. Por segurança, dormi com tudo embaixo do travesseiro, inclusive o pen drive. Ele continuava lá quando acordei, porém logo descobri que estava vazio. Conforme o esperado, o bloco de notas continuava lá, repleto de anotações e lembretes, com as folhas dobradas que traziam gráficos e curvas postas entre as últimas páginas.

Meu pé ainda estava sensível e um pouco inchado, e eu tomei o café da manhã no hotel com uma bota num dos pés e a faixa compressora no outro. Quando terminei, voltei ao meu quarto, tirei a faixa de compressão e manquejei até a loja de calçados mais próxima, onde comprei um par de meias grossas e um par de botas um número acima do meu. As botas tinham zíperes e cadarços, e com uma meia de lã num pé e o zíper aberto no outro pude calçar as botas de um jeito quase perfeito. Agora estou pronta para o inverno. Caminho devagar, mancando, mas sem passar frio nem me molhar, e amanhã sigo minha viagem rumo ao norte.

#409

Quando acordei hoje pela manhã, o inchaço havia diminuído um pouco, e agora já posso fechar o zíper da minha bota. Caminho devagar, com os cadarços soltos, mas caminho em direção ao inverno, e quando terminei de arrumar a minha bolsa e deixei minhas botas velhas no armário do hotel fui com todo o cuidado até a estação, onde comprei um bilhete para Lund.

Eu já tinha reservado um quarto de hotel, porque logo após as cinco horas da manhã de hoje pedi à recepcionista do meu hotel que me ajudasse a reservar um quarto em Lund para chegada às sete horas. Pouco depois das sete pedi à recém-chegada recepcionista do outro hotel que postergasse a minha chegada para o final da manhã, e assim descobri mais uma forma de garantir que o quarto não estaria ocupado quando eu acordasse no dezoito de novembro.

A meteorologista tinha falado sobre a neve matutina, mas quando cheguei no final da manhã a neve havia quase desaparecido. Não é nada grave, porque consigo sentir o frio no ar, esse é o ar do inverno, e amanhã pela manhã espero neve outra vez. Ando cautelosamente pelas ruas úmidas, e já vi pequenos acúmulos de neve em um parque. Pensei em dezembro e em janeiro. Segundo a minha contagem dos dias, hoje é 31 de dezembro.

Estou num quarto com vista para telhados sem neve, mas à espera da neve. À espera do inverno. Com toda a paciência, porque sei que ele vem. No meu bloco de notas verde escrevi *31 de dezembro*. Talvez seja uma mentira, uma mentira branca como a neve, uma mentira de inverno, mas escrevo isso só aqui, numa folha de papel, e daqui a pouco vou sair para comprar champanhe e celebrar minha mentirinha inofensiva à espera de um Ano-Novo com inverno e primavera e verão.

#410

Quando acordei estava nevando. Notei assim que abri os olhos: havia uma luz branca ou quase azulada no quarto, e os telhados em frente à minha janela estavam cobertos de neve. Meu quarto fica no quarto andar de um pequeno hotel no centro da cidade, e eu podia ver a neve da cama, porque eu não tinha fechado as cortinas. Peguei o meu bloco de notas verde, voltei para baixo do edredom e escrevi *1º de janeiro*. Escrevi *neve* e *inverno*. Escrevi *Suécia* e *Lund* e o endereço do hotel, com o número do meu quarto. Escrevi que havia neve nos telhados, e mais tarde, quando fui à cidade, escrevi sobre o frio e as ruas úmidas, onde a neve derretia enquanto eu caminhava devagar com minhas botas grandes demais, que durante a noite eu havia deixado numa sacola ao pé da minha cama. Não escrevi que elas tinham ficado na sacola, mas fiz anotações sobre lojas que vendem luvas e também sobre um café que oferece vinho quente com especiarias.

Encontrei o caminho do inverno. É uma vida nova. Uma vida com estações. Não é um ano mais verdadeiro que se movimenta nas profundezas do meu dia. É um ano que corre ao lado do meu dezoito de novembro. Sei que estou criando uma coisa ou outra. Uma construção. Um quebra-cabeça no qual junto as peças que consigo encontrar. Mas não escrevo isso no meu bloco de notas verde. Escrevo sobre tudo o que transforma os meus dias em dias de inverno, e há páginas suficientes no bloco para escrever sobre o inverno e a primavera e o verão e o outono. Não acredito mais que eu possa de repente acordar num tempo que voltou ao normal. Mas acredito nas estações. Esbeltas, feitas em casa. Não é dezoito de novembro quando tenho o meu bloco de notas verde. Ou pelo menos não é só dezoito de novembro. Também é Ano-Novo. Primeiro foi o Natal. Com peru e batatas assadas e *bûche de Noël* e *Christmas pudding*, e agora o Ano-Novo, porque ontem foi a véspera. Não foi fácil arranjar champanhe numa tarde de novembro, mas no fim deu certo, e no meu bloco de notas verde escrevi o endereço de um restaurante que vende champanhe para levar, porque não encontrei em nenhum outro lugar, e escrevi *nyårsafton*, porque é assim que se diz em sueco.

#416

Estou alcançando o ano. Encontro lugares que me fazem pensar em janeiro. No mês de janeiro como eu o conheço. Janeiro em Clairon e janeiro na Bélgica e janeiro no centro da Europa. Não preciso de muita neve. Basta um pouco. E esse pouco eu já tive. Encontro janeiro nas lojas, vejo pratos típicos de janeiro. Tomo sopa, ou então bebo chá de maçã com canela.

De repente imagino que essa é a forma que a minha vida há de tomar, ano após ano. Que o livro das estações é o meu manual, meu companheiro de viagem, meu guia. Que é o meu futuro que estou construindo. Se pretendo ter um futuro, preciso de um ano, e se pretendo ter um ano, preciso das estações. Sem estações não há tempo. Se quero estações, preciso construí-las eu mesma. Se quero um futuro, preciso construí-lo eu mesma. Junto as partes, pequenos fragmentos das estações, e escrevo tudo no meu manual: os ingredientes das estações.

Não é como uma horta. Não semeio nada, não rego, não colho. Não é como uma casa. Não derrubo árvores, não quebro pedras, não queimo tijolos, não construo paredes, não instalo telhas. Encontro pequenos fragmentos da construção das estações, reúno informações no meu bloco de notas verde, penso em ferramentas, em chaves de fenda, chaves sextavadas e porcas de tamanhos variados, penso em pregos e parafusos, em cola e cimento, junto as partes e talvez assim eu possa construir um ano.

E, se der certo, vou ter uma máquina de estações construída por mim. Imagino que vou circular pelas estações, que vou retornar, que talvez eu precise do inverno outra vez, da primavera.

Imagino que vou criar os meus próprios verões, que estou a caminho de um modelo, de um padrão no qual eu possa viver. Me sinto cheia de um estranho entusiasmo. Tenho motivos para me alegrar: a primavera que eu mesma vou construir. Mas primeiro o inverno. Tudo precisa estar no lugar certo. E na primavera vou me alegrar à espera do verão.

#424

Sigo a viagem rumo ao norte. Rumo ao frio e a fevereiro. Encho o meu livro de estações com detalhes. Encontro a neve. Não muita, mas aqui faz frio, e o inverno não é só neve. Estocolmo em novembro é inverno. Não há neve como em Lund, mesmo que eu tenha ido mais ao norte, mas chove ao longo da noite, a chuva é seguida pela geada e, se levanto cedo, posso encontrar parques com caminhos, e nos caminhos há poças d'água, e em certas poças d'água há uma fina crosta de gelo. Piso no gelo com um pequeno estalo, caminho pela grama em meio a sons congelados e atravesso um gramado com as minhas botas meio grandes demais e passos cautelosos.

Meu pé ainda está sensível, mas o inchaço sumiu, e agora uso as meias de lã nos dois pés, porque a lã vem com o inverno. E o inverno vem com a lã. O inverno vem com botas grandes, e eu encontrei o inverno das minhas botas grandes. Elas atravessam o parque, atravessam as poças do inverno, e me permitem avançar tanto quanto eu puder.

Quando não saio para a manhã gelada com as minhas botas de inverno, para encontrar as poças do inverno, vou a cinemas de inverno e leio livros de inverno. Encontrei uma biblioteca com livros ingleses, encontrei livreiros e histórias de inverno, e às vezes encontro um filme com título de inverno e sento com as minhas botas na escuridão do inverno por duas ou três horas, para então sair mais uma vez, e na rua ainda é inverno.

Tudo isso eu escrevo no meu livro das estações. Anoto os títulos de livros e filmes. Anoto os nomes de hotéis e os números de quartos. Escrevo palavras na língua do inverno, penso que posso aprender sueco, que eu gostaria de voltar ano após ano, que preciso aprender a língua do inverno, e descobri que em sueco a Via-Láctea se chama Rua do Inverno. *Vintergatan.* É assim que ela se chama, durante o ano todo. Inclusive em novembro, mas não escrevo novembro no livro das estações. Escrevo novembro nas folhas brancas, que em seguida torno a guardar na minha bolsa. Elas ficam lá com outras folhas de novembro, fechadas numa pasta de papelão preto, e fora da pasta é inverno.

#427

Do que sinto falta? De acender a lareira na sala. Assim encontro uma sala com lareira, lenha e fósforos, e faço fogo.

Do que sinto falta? Sinto falta de um inverno com uma fina camada de neve na horta com alhos-porós e acelgas. Assim encontro uma horta. Encontro uma casa vazia. Encontro edredons e tapetes, e pela manhã olho para a horta com uma fina camada de neve.

Do que sinto falta? Às vezes sinto falta da primavera, mas por enquanto não. Tenho que esperar. Deixei meu casaco leve demais no banco da cozinha de uma casa de madeira onde passei dois dias e comprei um casaco de inverno, porque encontrei o inverno. Inverno de verdade. Obrigada, meteorologista.

#446

Não me canso do inverno. Não é suficiente que se pareça com o inverno que conheço. Não me dou por satisfeita com a neve passageira, só um pouco não basta. Procuro o núcleo do inverno, o arqui-inverno, o concentrado do inverno, a essência do inverno.

Viajo pelas montanhas, desloco-me para cima, rumo ao norte, por estradas secundárias, onde a neve já caiu como se imaginasse continuar por lá. Observo a paisagem e escrevo nomes no livro das estações. Um lugar atrás do outro. Nome atrás de nome. Tomo nota de ruas e restaurantes. Anoto os endereços de casas vazias e receitas de inverno no meu bloco de notas.

#451

São dias silenciosos de inverno. Acordo e me deparo com o silêncio. Encontrei o inverno e estou na Finlândia, hibernando. Viajei rumo ao norte e penso *frio da Sibéria*, mesmo que eu não saiba por que o frio aqui seria como o frio da Sibéria: esse é o frio da Finlândia, e arranjo dicionários e tento aprender novas línguas do inverno na minha casa, onde ninguém mora, e está frio, então vou para baixo de edredons e cobertas e me aconchego. *Peitot ja viltit.* Edredons e cobertas. *Talvi ja lumi.* Inverno e neve.

Imagino ano após ano, nos quais volto para hibernar, e a cada novo ano tenho mais palavras. Encontro as palavras para travesseiros e capas de colchão e roupas de cama, para camas e cadeiras, para cozinhas com tudo o que há lá dentro, pratos e facas e garfos e panelas, encontro as palavras para casas, para telhados e chaminés, encontro portas e janelas na minha língua do inverno, arranjo florestas e estradas e cidades, a cada ano novas palavras, uma língua que cresce em meio ao frio e à neve, e então é inverno e primavera e verão e outono outra vez, e eu volto e encontro mais palavras. Tem uma coisa que cresce. Começo a imaginar um futuro. Obrigada, língua do inverno.

#456

Como comida de inverno e compro roupas de inverno. Vou de um lugar para o outro, devagar, porém não devagar demais, não me demoro muito, porque se me demoro percebo que não é só a minha língua que cresce. Há também um monstro que cresce. Não é o tipo de coisa que escrevo no meu livro das estações. Que eu devoro o meu mundo. Que preciso seguir viagem para não devorar o mundo. Que sou um monstro em viagem, um monstro do inverno.

Vi uma sopa de inverno ser riscada do cardápio de um restaurante, porque eu tinha comido lá por vários dias em sequência. Vi espaços vazios no supermercado, eram um vidro de arenque que eu tinha comprado, um pacote de pão crocante e uma embalagem de queijo. Encontro outros lugares, mudo os meus hábitos de inverno, passo a comer pão integral, porque desse há bastante, encontro novos queijos em supermercados maiores, onde minha visita não se torna visível. Me alimento por todo o mês de fevereiro e então continuo rumo ao norte, sigo viagem, viajo de ônibus e de trem. Mantenho-me em movimento. Devagar e sempre inverno adentro.

Os dias tornam-se mais curtos à medida que me aproximo do norte. Acordo pela manhã, atravesso o meu dia de inverno, e antes que eu perceba o dia passou.

#462

Talvez eu tenha viajado por tempo demais inverno adentro. Estou na Noruega: eu tinha pegado o trem e chegado a uma pequena estação, mas o hotel local estava fechado e eu não tinha vontade de sair à procura de casas vazias. Em um pequeno café no meio da cidade, um homem mais velho de barba grisalha e avental me serviu chá quente e quiche de brócolis. Fiquei sabendo que um pouco mais nos arredores da cidade, a uns vinte minutos de distância, havia uma pousada onde eu poderia me hospedar. O homem se dispôs a ligar e perguntar se havia quartos vagos, e de fato havia, então quando terminei de comer ele chamou um táxi para mim. A motorista era uma mulher simpática que falava inglês e francês quase fluente, porque tinha morado dois anos em Toulouse na juventude.

Saímos da cidade, que ao fim de poucos minutos já não era mais do que umas poucas casas espalhadas, e seguimos pela estrada rural. Falamos principalmente sobre o tempo. Sobre os invernos, que estavam mais amenos, e sobre as tempestades, que estavam mais violentas. Pouco tempo atrás uma tempestade excepcional tinha derrubado árvores nas redondezas, disse a motorista. Ela apontou para a paisagem, onde várias árvores seguiam caídas com as raízes expostas. Contei que também houvera tempestades no norte da França, não muito fortes, mas havia caído uma quantidade enorme de chuva, e houve até mesmo risco de inundação, e em Clairon-sous-Bois, onde eu morava, segundo disse, já tínhamos sofrido com inundações nas regiões mais baixas às margens do rio.

Depois da tempestade tinha caído neve, disse a motorista, mas por sorte haviam conseguido tirar as árvores caídas das estradas antes disso, de outra forma seria difícil para o limpa-neves chegar. A estrada não era muito larga, mas estava limpa, e havia espaço suficiente para o tráfego e para a neve, que se acumulava em montes à beira da estrada. Avançamos ao longo de uma floresta, que de vez em quando dava lugar a trechos escarpados antes de voltar à floresta. No lado oposto havia uma mureta, e por trás da mureta eu às vezes podia ver a sugestão de uma encosta. A estrada era plana durante boa parte do trajeto, e apenas quando fazíamos uma curva eu tinha a sensação de estar num lugar alto.

Devíamos estar quase na metade do caminho, e avançávamos a uma boa velocidade. A motorista sem dúvida conhecia a região, e acho que queria voltar o mais depressa possível. Senti que ela tinha passageiros a buscar na cidade, e que havia postergado uma viagem já acertada para me levar à pousada. Acho que era o único táxi da região, mas o fato é que estávamos andando a uma velocidade considerável, e eu estava no banco atrás da motorista com a minha bolsa ao lado. Eu tinha posto o cinto de segurança, e falamos sobre a França e a Bélgica, um pouco em inglês, mas principalmente em francês, enquanto eu olhava preocupada ao redor, porque eu nunca tinha me interessado muito por direção e não sentia nenhum desejo de velocidade.

Tínhamos passado por outros carros no caminho, não muitos, mas não daria para dizer que a estrada se encontrava deserta. Passamos por caminhões e carros e um caminhão de carga que transportava toras de madeira. Aqui e acolá havia neve na estrada, neve dura e lisa, principalmente em nosso lado, eu a percebia como uma série de pequenas irregularidades quando passávamos por cima desses trechos, mas nada disso fez com que a motorista reduzisse a velocidade, nem mesmo quando um caminhão veio em nossa direção na pista oposta, azul e grande com uma longa cauda de carros logo atrás.

De repente, quando passamos por uma escarpa à nossa direita, havia várias partes cobertas de neve, e bem quando avançávamos em direção ao caminhão o táxi começou a derrapar, saímos da pista e ouvi um grito no banco da frente, ao mesmo tempo que a motorista pisava com tudo no freio. O grito dela, ou melhor, o berro, veio diretamente das entranhas, cheio de terror, e o táxi começou a tremer e a sacudir enquanto deslizava pela estrada. Não senti nada além de um medo terrível enquanto seguíamos a toda velocidade, com batidas e solavancos pela superfície de gelo e neve e asfalto, totalmente sem controle e com o risco iminente de a qualquer momento sair da pista e colidir de frente com o caminhão azul poucos metros adiante.

Estava claro que a motorista havia perdido o controle do carro, que patinava na pista enquanto o caminhão chegava cada vez mais perto, e de repente começamos a derrapar com força em um veículo que ameaçava nos levar diretamente contra o caminhão que assomava à nossa frente como uma enorme massa azul, mas de repente o caminhão passou, e logo depois, no outro lado da janela, surgiu uma fileira de carros de passageiros, um após o outro, enquanto o táxi continuava numa trajetória própria, ainda aos solavancos, mas o tempo inteiro no lado certo da pista. Não pode ter levado mais que uns poucos segundos, e não sei como seria possível, mas vi o rosto dos outros motoristas, e vi que havia medo nas expressões por trás das janelas de todos os carros enquanto passávamos um após o outro. Devia ser óbvio que o nosso carro estava fora de controle, ou então simplesmente imaginei os rostos.

Quando tanto o caminhão quanto a fileira de carros de passageiros ficaram para trás, sentimos o chão firme sob as rodas, o carro parou de sacudir e a motorista pôde recobrar o controle. A estrada à nossa frente não tinha mais neve, e tampouco havia outros carros à vista.

Foram os freios, a taxista disse ofegante quando passamos as escarpas e entramos por uma estrada de chão entre os pinheiros. Ela mal conseguia respirar, e eu não podia dizer nada. Em seguida ela repetiu. Foram os freios que nos salvaram.

Meu inverno poderia ter chegado ao fim naquele instante, e assim mantivemos silêncio. Todos os carros haviam passado, e estávamos sozinhas em meio às árvores. Tínhamos sido salvas por uma invenção, disse a taxista, e após recobrar o fôlego ela começou a falar sobre o sistema de freios do carro. Porque não tinha sido ela a guiar naqueles instantes. Tinha sido o sistema de freios, que se encarregou de manter o carro na pista. Ela tinha freado quando começamos a derrapar, mas graças ao sistema os freios não foram acionados para evitar que fôssemos jogadas diretamente contra o caminhão. Ou contra um dos carros que vinham atrás. Ou contra o paredão de rocha ao nosso lado. Ou para o outro lado da pista, ribanceira abaixo. Por isso o carro havia se mantido na pista. Porque o sistema de freios tinha assumido o controle. Acho que foi o pavor do momento que a levou a falar sobre tecnologia. Assim ela não precisaria falar sobre o medo.

Na verdade, ela disse pouco depois, quando saiu do carro e deu uma volta ao redor, tinha sido um acidente ocorrido numa estrada florestal um pouco adiante, no outro lado da fronteira com a Suécia, o que levou um engenheiro alemão a inventar o nosso sistema de freios. Ele havia tentado frear e em vez disso começou a deslizar sobre a estrada congelada. Se um caminhão tivesse vindo em sentido contrário, ele não poderia ter inventado o sistema. Em vez disso ele derrapou na pista e acabou na vala da pista oposta, e logo ela começou a fazer uma descrição bastante detalhada da tecnologia por trás daquele sistema de freios e dos diferentes estágios pelos quais o sistema havia passado durante o tempo que ela havia trabalhado como motorista, mas tive a impressão de que ela percebeu que aqueles detalhes técnicos não despertavam nada em mim. Não porque não me interessassem, mas porque eu só conseguia pensar no caminhão azul que tinha se aproximado e na frente larga do caminhão, onde talvez houvéssemos batido se não fosse pela ajuda daquele engenheiro.

Pouco depois a motorista estava mais uma vez pronta para dirigir. Ela já tinha evitado acidentes em outros casos de derrapagem graças ao sistema de freios, mas nunca com um caminhão na frente, ela disse, e ainda menos um caminhão com uma longa cauda de carros logo atrás. Logo seguimos em direção à pousada quilômetros adiante. A prima da motorista trabalhava na pousada. O nome dela era Susanne. As duas tinham crescido na região, um pouco mais ao norte. Susanne também havia estado em Toulouse, na França. As duas tinham estado lá juntas. Quanto à motorista, o nome dela era Jeanette. Eu disse que o meu nome era Tara. Ela disse que esse nome não soava nem francês nem belga. Contei que a minha mãe era inglesa. Também não achei que o nome dela soasse particularmente norueguês, mas fiquei quieta.

Chegamos à pousada sem praticamente nenhum tráfego no sentido contrário, e me senti aliviada ao sair do carro em frente à construção de madeira vermelha. Minhas pernas ainda tremiam um pouco, e pude ver que a motorista também deixou o carro com certa cautela antes de entrar e cumprimentar a prima.

Tomei cuidado para me hospedar num quarto que não tivesse sido usado nos últimos dias, e agora estou sentada em frente a uma mesinha com vista para uma floresta de espruces, onde parte das árvores se encontra derrubada após a tempestade. Escrevo nos meus papéis, não no meu bloco de notas verde. Não anotei o endereço da pousada no bloco. Não penso em voltar aqui. Eu queria inverno, e encontrei o inverno. Encontrei a neve, e não foi pouca: há neve por toda parte. Há neve nos caminhos atrás da pousada e também na montanha que se estende por quilômetros, cada vez mais alta, porém não pretendo ir mais longe. Talvez eu já tenha me deslocado para um lugar suficientemente longe.

#470

Eu queria tomar o rumo da primavera. É uma manobra difícil, como virar um navio, penso eu, um navio enorme. Minha máquina de estações assumiu o controle e me levou cada vez mais rumo ao inverno, configurada para o máximo possível de neve, enquanto eu tento pará-la, freá-la, mas não é nada fácil.

A primavera costuma ser uma coisa óbvia. Você passa frio, e de repente ela está lá, uma leveza no ar, uma luz pela manhã. Agora a primavera é uma coisa que eu preciso construir, mas sinto como se o inverno tivesse me esfriado, e agora estou aqui, numa pousada rodeada de neve, e não posso ir adiante, porque o inverno me prende nesse panorama silencioso.

De madrugada, por volta das três horas, começa a nevar, às vezes um pouco mais cedo, às vezes um pouco mais tarde. Tem um relógio na mesa de cabeceira, um rádio-relógio antigo.

O rádio estragou, mas o relógio ainda funciona, e os números são iluminados. Faz tempo que perdi o meu telefone, e também me acostumei a viver sem relógio, porém agora eu acordo e vejo números iluminados e um mundo sem sons. Está tudo parado, e penso que talvez o silêncio tenha me acordado, essa ausência de sons. Deve ser porque está nevando, mas não entendo, pois como a neve poderia abafar os sons quando tudo já está em silêncio? Como se a neve fosse o oposto do som, como se depositasse uma camada extra de silêncio por cima de tudo, e o nível de ruído se tornasse negativo, e quando eu deito na cama parece menos do que nada: até os meus próprios sons desapareceram. Mas não por muito tempo, porque eu respiro e logo ouço a minha própria expiração, um farfalhar nas árvores, e ouço as pessoas no corredor, sons discretos lá fora.

Todas as manhãs eu sento no saguão depois de tomar o café da manhã. Conto para a recepcionista no início do turno que cheguei tarde da noite e ainda não fizeram o meu check-in. Sento e leio um pouco antes de levantar e dar um passeio em meio à paisagem. Em meio ao branco. Em meio a um excesso de neve. Caminho pela floresta, pelas trilhas, subo, penso nas trilhas da floresta em Clairon, no terreno plano à margem do rio e nas cores do outono, mas os caminhos são enviesados, sobem e descem o tempo inteiro, e eu subo, dou uma volta e torno a descer, todas as manhãs, como se eu treinasse a minha capacidade de navegação por aquele cenário.

Hoje cheguei a uma igreja no meio de toda a brancura. Eu estava desorientada, achei que estava prestes a me perder, mas a igreja ficava num ponto alto, olhei para o vale e ao longe vi uma construção que se parecia com a pousada.

Mais tranquila por saber que não estava perdida, resolvi dar uma volta pelo cemitério da igreja. Tentei entrar na igreja, mas a porta estava trancada, então desisti e comecei a andar em meio aos túmulos. Não havia pegadas nos caminhos: eu era a única pessoa a ter andado pela neve recém-caída. Pude distinguir uma ou outra casa ao redor, mas não havia ninguém, pelo menos ninguém que estivesse vivo, porque de repente comecei a pensar em todos os corpos enterrados naquele lugar. Senti uma estranha calma. Uma sensação de não estar sozinha. Havia pessoas ao meu redor. Estavam em caixões ou urnas funerárias, nossos corpos estavam em condições diferentes, uns eram cinzas, outros eram ossos e ainda outros mantinham a carne e a pele envoltas em roupas, mas éramos todos do mesmo tipo. Aquelas pessoas tinham nomes. Eu podia ler os nomes nas lápides. Muitas das lápides tinham belas entalhaduras com superfícies polidas, com padrões ao redor dos nomes ou então pequenas figuras cobertas de neve. Outras eram menores e mais simples, e além disso havia outras, maiores e trabalhadas com uma técnica mais rústica, quase um ponto intermediário entre rocha e lápide. Mas havia nomes em todas, e datas na maioria, datas de nascimento e datas de morte.

As datas de morte fizeram com que eu me sentisse sozinha outra vez. Eu tinha uma data de nascimento. Eu tinha um nome. Tara Selter, era assim que eu me chamava, mas eu não tinha data de morte. Pelo menos por enquanto. Minha data de morte podia ter sido o dezoito de novembro, eu tinha escapado por um fio, e talvez pudesse mesmo ter sido o dezoito de novembro, mas eu estava viva, salva por um sistema de freios, eu estava apenas parada. Eu podia ter levado a taxista comigo rumo à morte. Podia ter levado toda a fileira de motoristas apavorados comigo. Podíamos estar todos lá naquele cemitério. Simplesmente porque eu queria ver o inverno e a neve. Eu tinha me intrometido no dezoito de novembro daquelas pessoas e precisava tomar cuidado, pensei. Já sei que deixo rastros. Que devoro o mundo. Tenho uma queimadura e um tornozelo inchado. Mas também ponho outras pessoas em perigo. Eu as tiro do dezoito de novembro em que se encontram. Dos padrões que seguem. Corro o risco de matar alguém. Não imagino que o mundo possa reparar-se a si mesmo, que as pessoas simplesmente possam acordar no dia seguinte caso eu as tire do caminho original. Preciso tomar cuidado. Sou um risco para o mundo ao meu redor enquanto caminho pela neve. Atraio as pessoas que estão comigo para estradas cobertas de neve.

Mas não quando estou na neve do cemitério. Andei em meio à neve fresca, não atravessei o caminho de ninguém, não fiquei no meio do caminho, não causei nenhum estrago. Ou praticamente nenhum, simplesmente deixei as minhas pegadas, que seriam apagadas pela neve que começa a cair durante a noite.

#472

Todos os dias eu vou para a cama cedo. Adormeço depressa. Acordo no meio da madrugada. Se ainda não começou a nevar, fico deitada, à espera. Há sons discretos, um farfalhar abafado das árvores, um carro solitário ao longe, e de repente todos os sons desaparecem. Penso que sei o que está prestes a acontecer. É o dezoito de novembro que está voltando, todos os sons desaparecem, e de repente começa a nevar.

Me sinto em casa no meio de toda aquela brancura, mas anseio pelo calor. Quero neve derretida. Quero dar meia-volta e viajar rumo à primavera.

#473

Todos os dias à tarde, depois que volto das minhas andanças, um caminhão entra no pátio da pousada. É um caminhão azul, e acredito que seja o caminhão no qual estivemos prestes a bater, eu e Jeanette. Não tenho certeza, é uma empresa de transporte local que tem vários caminhões, pode ter sido outro, mas acho que é o mesmo. O motorista entrega mercadorias para a cozinha, ele deixa um pálete cheio de caixas de papelão junto à porta da cozinha e sai num horário que seria compatível com o nosso encontro na estrada. Deve ser o mesmo. Eu não vi o rosto do motorista quando estávamos no táxi, só a grande cabine azul que vinha em nossa direção.

À tarde, em geral fico no saguão. Leio, ou então penso no que fazer. Me sinto parada. Uma freada súbita, e agora não consigo mais continuar por conta própria. Preciso de força motora, de um veículo capaz de me tirar do inverno, capaz de me ajudar a dar meia-volta. Observo o caminhão azul, os rastros que deixa no pátio, e amanhã talvez eu peça uma carona.

#475

Eu já tinha feito as malas quando sentei no saguão com o meu livro, e estava lendo quando o motorista do caminhão entrou. Perguntei a ele se por acaso seguiria viagem rumo ao sul, se passaria por uma estação de trem no caminho, se eu poderia ir de carona. Não havia problema, ele respondeu. Pensei que ele poderia me deixar na estação de trem mais próxima, mas ele seguiria rumo ao sul e cruzaria a Bergensbanen, segundo disse, e seria fácil para mim seguir viagem.

Enquanto ele descarregava a carga, peguei minha bolsa e paguei a conta na recepção. Deixei o livro que eu vinha lendo em uma estante do saguão que ficava à disposição dos hóspedes. Era um dos livros que eu havia pegado da estante na casa dos meus pais. Peguei o outro livro da bolsa e guardei outros dois, que eu já tinha lido bastante tempo atrás, também na estante, e então entrei na cabine do caminhão. Poucos minutos depois, quando o motorista assegurou-se de que as portas estavam trancadas, ele manobrou o caminhão no pátio, deu meia-volta e partiu rumo ao sul.

No caminhão eu me sinto segura. Da cabine, observo a paisagem. Eu conseguia ver a estrada e os carros que trafegavam abaixo de nós: famílias e casais e motoristas solitários presos em veículos pequenos. Não sei por que me senti segura, porque o risco de derraparmos para fora da estrada continuava a existir, podíamos cair na vala e capotar, mas não foi o que aconteceu.

Do meu posto de observação ao lado do motorista eu pude ver a quantidade de árvores derrubadas, que naquele momento pareciam ser plantas frágeis, jogadas para lá e para cá pela força da tempestade. O motorista me contou sobre a tempestade, uma tempestade de outono, ele disse, mas no fundo devia ter sido uma tempestade de início da primavera que havia derrubado as árvores, porque eu estou a caminho da primavera, e mais uma vez comecei a juntar os fragmentos do meu ano. Penso em março, e escrevi "tempestade de março" no meu bloco de notas verde. Comecei a procurar sinais das estações, e já havia menos neve quando descemos das montanhas e fomos em direção ao sul.

Contei para o motorista sobre a minha experiência no táxi. Eu não disse que tinha sido o caminhão dele a quase bater em nós, porque nem ele nem Jeanette teriam qualquer lembrança do ocorrido, mas ele começou a falar ainda mais sobre sistemas de freio. Eu disse que me sentia segura no caminhão, erguida acima da estrada, e que eu não gostava muito de carros comuns, fossem pequenos ou grandes: pequenas caixas metálicas com falsas promessas de segurança.

Quando ao fim de poucas horas fizemos uma parada, o motorista insistiu em dividir comigo o lanche que havia levado: pão de centeio com arenque marinado, frios e beterraba em conserva. Eu disse que gostava de arenque. E de pão de centeio. E que a partir daquele momento eu também havia passado a gostar de *lammerull med rødbete*. Era tudo caseiro, ele disse. A esposa dele que havia preparado. Ela sempre preparava refeições gostosas quando ele viajava. Às vezes ele passava dias longe de casa, dirigindo pela Europa, não era sempre, mas quando acontecia ele levava comida para todo o percurso. Assim ele tinha a sensação de sempre fazer as refeições com a família.

Quando chegamos perto da cidade onde eu pegaria o trem para seguir viagem, ele se ofereceu para me levar até a estação, mas eu disse que não era preciso e desci do caminhão na rua principal. Eu não queria tirá-lo da rota original, então agradeci a carona e segui pela beira da estrada até a cidade enquanto o caminhão desaparecia ao longe.

O último trem já tinha partido, então me hospedei no hotel mais próximo, e agora minha viagem pelas estações foi retomada. Anotei o endereço do hotel no meu livro das estações e escrevi sobre os sinais da primavera e os horários de trem até Bergen.

Noto um certo progresso. Tenho certeza de que a primavera está a caminho, e no hotel comi ovos mexidos com cebolinha, que em norueguês se chama *grassløk*. Senti o gosto da primavera. Mas não quero apressar o ano. Não vou para o aeroporto encurtar o tempo, porque é a espera que faz da primavera a primavera. A neve já quase desapareceu, e espero pacientemente. Estou no meu hotel, esperando que chegue a hora de ir para a estação, esperando os discretos sinais da primavera, o degelo e os dias quentes.

#476
Peguei o trem matinal rumo a Bergen e descobri que o inverno ainda não tinha chegado ao fim. Em pouco tempo a paisagem que se estendia à nossa frente estava toda branca, com partes cinzentas, porque havíamos subido e andávamos em meio a um panorama com escarpas e neve. Quando chegamos perto de Bergen estávamos cerca de duas horas atrasados, a paisagem já não era mais branca e a neve fora dissolvida pela chuva.

Na minha cabine havia dois estudantes estrangeiros que estavam a caminho do primeiro encontro com o senhorio. Eles tinham pensado em alugar um quarto no centro da cidade, ou talvez dois. Pretendiam encontrar o senhorio, mas já estava tarde demais. Um dos estudantes claramente entendia norueguês, e era ele que pedia informações e traduzia para o outro. Entendi que os dois tinham combinado de ver o quarto no dia seguinte. O senhorio estaria lá às dez horas, mas, caso eles aparecessem mais cedo, a chave estava acima do batente da porta, na entrada. O quarto estava desocupado, e eles poderiam usar a escada de incêndio para subir. Via de regra, a porta ficava aberta. Por precaução, o estudante que falava norueguês soletrou o endereço para o outro, que tomou nota. Fiz o mesmo, tomei nota do endereço no meu livro das estações, pensando que, se ninguém estava usando o quarto antes do dia dezenove, eu poderia usá-lo nesse meio-tempo.

Na estação de Bergen havia um enorme mapa da cidade. Logo encontrei a minha rua, e no banco vazio ao lado do mapa havia uma sombrinha abandonada. Olhei ao redor em busca da possível dona, mas não havia muita gente na estação, e assim a levei comigo. A sombrinha tinha uma estampa floral. Eu nunca tinha usado uma sombrinha com estampa floral. Uma sombrinha florida de primavera, pensei quando saí caminhando em meio à chuva.

Não foi difícil achar o endereço, e em pouco tempo eu estava na frente de uma escada de incêndio em metal cinzento. Subi a escada e de fato lá no alto havia uma porta de vidro destrancada, que dava acesso a um corredor com cinco portas pretas, e em cima do batente de uma delas — a primeira — estava a chave que abria a fechadura.

Logo me acomodei no quarto, que na verdade eram dois pequenos quartos com uma pequena cozinha. Não havia móveis além de um par de colchões dobráveis empilhados no canto, mas eu os desdobrei, liguei a calefação, ajustei o casaco em torno do corpo e em pouco tempo adormeci.

Ao longo da noite a chuva deu lugar à neve. Durante o restante da noite nevou bastante, acordei hoje pela manhã com os telhados brancos, sentei ao lado da janela e fiquei olhando para toda aquela brancura que eu gostaria de ter deixado para trás.

Enquanto eu estava lá sentada começou mais uma vez a chover, e pouco depois ouvi a primeira neve escorregar de um telhado. Logo depois outros montes de neve escorregaram com um barulho úmido e pastoso que ecoava na parede às minhas costas. Eu percebia o movimento da neve como um leve tremor às minhas costas enquanto continuava ao lado da janela e olhava para os telhados, de onde os montes de neve escorregavam um atrás do outro e caíam pesadamente nas ruas.

A neve que escorrega dos telhados é um som da primavera, e não tenho dúvida de que essa é a chegada da primavera, pois mesmo que seja a chuva de outono o que leva a neve a escorregar dos telhados, o que surge na minha lembrança são os sons da primavera. Penso na neve que escorrega do telhado e cai no jardim do velho Selter. É um som que posso ouvir, e lembro-me de um dia de primavera em Clairon, talvez ainda fosse fevereiro, e portanto antes da primavera, talvez já fosse março, o fato é que havia caído neve e geada por dias a fio, e de repente tudo começou a derreter. O pai de Thomas estava nos fazendo uma visita. Deve ter sido pouco depois que nos mudamos para a casa, porque ele não esteve mais por lá desde então.

Estávamos no escritório que antigamente era o quarto do pai de Thomas, e que ele tinha dividido com o irmão, o tio de Thomas. Os pais deles dormiam no quarto ao lado, e naquele momento estávamos lá ouvindo a neve escorregar do telhado enquanto o pai de Thomas falava sobre o inverno em Clairon.

Ele tinha acabado de falar sobre a neve no pátio do velho Selter, uma vez que ele e o irmão brincavam de montes com a neve que escorregava do telhado, mas o pai — o velho Selter, ele disse — os proibia de brincar por lá, porque havia longos sincelos pendurados na calha, afiados e prontos para cair a qualquer momento, e de repente um sincelo enorme se desprendeu e caiu bem ao lado deles.

Thomas riu. Não da história, que ele mal tinha ouvido, mas porque o pai dele tinha chamado o próprio pai de velho Selter. Naquele momento ele mesmo era o velho Selter, disse Thomas. Sorri por um instante, mas não devia ter feito isso. O pai de Thomas ficou furioso, virou as costas e passou todo o restante do dia bravo. Ele não se importava com essa ideia. Não se importava com a passagem do tempo. Não se importava com a idade. Não se importava que Thomas fosse o jovem Selter. Ele tinha ido ao mercado com Thomas pela manhã sem se importar com nada disso. Tinha caminhado ao lado do filho crescido. Ele tinha envelhecido, mas não queria ser velho.

Ouço o som da primavera quando a neve escorrega do telhado, e penso na primavera e no verão e no outono, e não tenho nada contra a passagem do tempo.

#479

Zarpei de Bergen hoje pela manhã, antes que a neve começasse a escorregar dos telhados, e agora estou atravessando o Mar do Norte. Anotei os horários do ferry no meu livro das estações, e mais uma vez percebo o movimento das estações. Ouço-o no convés, o rumor das máquinas, uma corda que se bate contra o costado repetidas vezes.

As luzes do porto desapareceram atrás de nós quando zarpamos na escuridão da manhã. Ventava de leve. Ainda venta um pouco, não muito, mas não há nenhuma tempestade à vista e espero uma travessia tranquila. Examinei os dados e as curvas da meteorologista. Espero a primavera, e estou vestida para a primavera. Está frio quando saio ao convés usando o meu casaco leve. Encontrei-o num brechó em Bergen, um casaco cinza-claro com um toque de verde. Talvez não combine muito com a minha sombrinha floral, mas o casaco me fez pensar na primavera, e assim deixei o meu casaco de inverno no brechó.

Comprei um par de botas curtas, e viajo leve como a primavera. Talvez um pouco otimista, mas procuro lugares com tempo ameno, vento suave e toques verdes.

#482

Cheguei na escuridão do anoitecer. Já era bem tarde quando descemos a terra e passamos pelo controle de passaporte, mas finalmente cheguei ao meu trem, que a princípio não queria funcionar, porém já tarde da noite começou a se locomover em meio à escuridão. Tentei pensar na escuridão como uma escuridão benévola de primavera, mas era tarde demais: adormeci no trem.

De manhã cedo chegamos a Londres, e comecei a procurar um hotel com um quarto vago. Nas ruas não havia neve e não havia chuva. Não estava frio nem quente. Havia luzes e sons e lojas abertas na escuridão. Havia pessoas na rua, tentei pensar na primavera, mas ninguém estava vestido como se a primavera estivesse a caminho. Pensei que talvez um pouco da primavera fosse surgir nas ruas quando o dia clareasse, e em pouco tempo encontrei um hotel com um quarto vago, que pude ocupar prontamente.

Foi só no dia seguinte que encontrei a primavera. Quer dizer: no dia seguinte eu encontrei tudo. Todas as estações. Fui a várias lojas em busca de sinais da primavera, primeiro alegre e curiosa, depois confusa, assoberbada e quase paralisada em razão do ataque das estações, e não sei o que me deixou mais confusa: as prateleiras carregadas de frutas e verduras de todas as estações e continentes ou as variações nas embalagens. Me virei entre prateleiras, expositores, caixas e pilhas. Encontrei recipientes de todos os tipos, cúbicos e hexagonais, pequenos retângulos e grandes ovais, potes com tampas transparentes e caixas quadradas de cantos vivos. Havia bandejas de plástico e de papel, cestos com estranhos trançados e sacos farfalhantes com orifícios para que o ar pudesse entrar ou sair. Havia recipientes longos com talos de ruibarbo e potes de tempero que continuavam a crescer na forte luz de primavera que havia na prateleira. Havia pacotes de frutas enfileirados, havia sacolas e potes com estranhos mecanismos de fechamento, com zíperes e botões e pequenos elásticos. Passei em frente às caixas de mirtilo e framboesa e morango, cuidadosamente dispostas sobre uma superfície macia. Encontrei redinhas amarelas com laranjas e maçãs, redinhas verdes com limões e uma bordô com uvas vermelhas. Havia prateleiras com frutas cortadas, bandejas transparentes cheias de frutas de todos os tipos, em cubos e palitos, em fatias e triângulos ou ainda em bolinhas verdes ou amarelas. Havia legumes em sacos e caixas, fatiadas e raladas e picadas ou ainda cortadas em anéis. Havia recipientes com salada mista e molhos e acompanhamentos e garfos e facas e colheres embalados em sacos plásticos, eu andei ao redor e simplesmente não conseguia escolher, porque tinha esquecido o que dava na primavera.

Recordei a primavera no pátio do velho Selter. Pensei no início da primavera, na cebolinha, que lançava pequenos brotos para fora da terra, e na salsinha do outono, que ganhava vida e preparava-se para crescer por um tempo antes de dar sementes. As acelgas, que haviam passado pela escuridão do inverno e de repente voltavam a crescer do próprio interior verde-escuro, os últimos alhos-porós que podiam ser colhidos antes que fosse tarde demais, já um pouco macios após o inverno passado no pátio, as cebolas no depósito, as batatas que ainda restassem e um pouco mais tarde os primeiros ruibarbos que se abriam, o espinafre que surgia, as alcachofras sobreviventes, com folhas afiadas que brotavam da planta cansada do inverno enquanto os restos marrom-acinzentados do ano anterior murchavam na terra ao redor, e mais tarde os aspargos verdes, primeiro os menorzinhos, que haviam brotado por conta própria, e semanas depois os grandes brotos verde-claros, em número cada vez maior até o meio do verão, quando enfim podiam crescer e tornar-se longos arbustos verde-escuros.

Pensei no mercado em Clairon. Pessoas com grandes casacos de primavera, donas de casa e senhores mais velhos, que mantinham os cestos abertos e deixavam que frutos e verduras nus se dispusessem em camadas irregulares e por fim um saco marrom cheio de uvas, rapazes e meninas com redinhas de compras e pedestres com sacolas farfalhantes de plástico.

Não pus nada no meu cesto. Puxei-o atrás de mim, ele deslizava com as rodinhas tortas, eu não conseguia escolher nada enquanto andava pelas lojas, confusa feito um bicho paralisado sob a luz de faróis, simplesmente andava de um lado para o outro em meio à minha busca pela primavera e às cores de todas as estações.

No fim foram as palavras que me ajudaram, e fui até o caixa com nomes da primavera no meu cesto: *spring greens*, *spring onions* e um pote plástico com *spring soup*, e então saí do supermercado com uma pequena sacola cheia de primavera, não era muita coisa, mas assim mesmo era o bastante para me fazer sentir que a primavera estava a caminho.

No quarto, tomei minha sopa de primavera, fria e sem gosto, antes de colocar as verduras na bolsa e me despedir na recepção para continuar minha viagem ao sul, rumo à primavera.

#497

Deixei o inverno para trás. Aqui o clima está ameno. Penso "ar da primavera" enquanto ando de bicicleta por estradas molhadas sob uma leve chuva. É uma chuva de primavera, não pedalo muito longe, vivo um dia de cada vez. Me acostumei às ruas, ao tráfego. Me acostumei às casas, onde passo um dia ou dois. Me acostumei às cozinhas e aos fogões e às geladeiras. Corto as verduras da primavera com movimentos rápidos usando uma faca afiada da gaveta. Encontrei rabanetes e espinafre, encontrei dias de sol sem neve, brisas frescas e ontem encontrei uma cadeira numa despensa, e agora posso sentar ao sol, não por muito tempo, eu sento com o meu casaco de primavera, mas logo vou encontrar ainda mais sol se continuar rumo ao sul.

Pedalo entre cidades pequenas, por estradas secundárias, deixo campos verdes para trás. Uns ainda estão um pouco marrons, porém a maioria está brotando. Noto o ar suave e úmido, e já deve ser o bastante para chamar de primavera.

Na despensa da primeira casa, achei uma bicicleta. Passei dois ou três dias pensando nela, depois tirei-a da despensa, lubrifiquei a correia com o óleo que encontrei numa das prateleiras, arranjei bolsas de bicicleta e elásticos para prender minha bolsa ao bagageiro. Comecei a fazer pequenas excursões pelos arredores, encontrei uma capa de chuva e um par de galochas meio grandes e deixei minhas roupas de lã quentes no lugar da capa. Você sente calor ao pedalar, se acostuma à chuva e ao calor. Pedalo com a brisa suave e o sol cinzento. Visto a capa enquanto a chuva ainda está fraca, e quando chove mais forte procuro abrigo por um tempo, e é assim que me desloco pelas estradas: com vagar e cautela primavera afora.

Ainda tenho a minha sombrinha floral, que está fechada na minha bolsa, e arranjei uma capa para as bolsas da bicicleta, porque gosto de pedalar em meio à chuva da primavera, gosto do sol que se transforma e se dissolve no céu cinzento, gosto de estradas de chão e tardes passadas com vento contrário.

Tomo nota de cidades e estradas no meu livro das estações. Sigo por ciclovias e pequenas pontes que me ajudam a atravessar rios e cursos d'água. Procuro os sinais da primavera, e preparo pratos da primavera em cozinhas estrangeiras. Há casas vazias no dezoito de novembro, não é difícil encontrá-las. Anoto os endereços das casas vazias e receitas de pratos da primavera no meu bloco de notas. Descubro mercados e compro mantimentos pelo caminho, e escrevo que é primavera e que os campos estão verdes. Escrevo sobre remendos de pneu e correias que de repente saem do lugar, escrevo sobre lojas com bombas de ar para bicicletas em frente à entrada, que os ciclistas podem usar quando a loja está fechada.

#504

A velocidade aumentou e os dias passam depressa. Escrevo "abril" no meu livro das estações. Sigo em direção ao sul e penso em férias no clima da primavera, penso nas férias de Páscoa na Inglaterra, penso em Lisa e no verão dela. Penso em Thomas, mas quando pedalo sinto o suor nas minhas costas, por baixo da capa de chuva e das botas grandes demais. Um pouco mais adiante o esforço torna-se maior, me concentro nas encostas, desço em alta velocidade, luto para subir outra vez e então paro de pensar.

Observo a paisagem e escrevo nomes no livro das estações. Lugar após lugar. Nome após nome. Escrevo sobre o vento nos cabelos, a chuva no rosto, minhas mãos frias no guidom.

#508

O primeiro domingo após a lua cheia traz o equinócio. Depois vem a Páscoa. Mas não tenho domingos, e não tenho luas cheias nem equinócios. Como posso ter Páscoa? Além do mais, quem é que inventa essas coisas? Quem é que inventa datas festivas que seguem sóis, luas e planetas? Meu ano não pode ser guiado pelo céu, porque o céu é o mesmo: preciso encontrar a primavera nos campos e nas ciclovias, preciso encontrar minha Páscoa nas lojas. Procuro o clima da Páscoa, mas o clima da Páscoa pode ser uma série de coisas. Me lembro de granizo em abril, me lembro de sol na Páscoa e de chuva durante a Páscoa no nosso pátio em Bruxelas. Me lembro da Páscoa na Inglaterra, me lembro de dias quentes e de uma leve geada.

Encontro a Páscoa na minha lembrança. Me lembro de ovos de Páscoa. Eu e Lisa no tapete, devia ser uma celebração em família na casa do meu tio, talvez um aniversário, um aniversário de casamento, talvez dos meus avós — eu só me lembro dos ovos. Eu e Lisa tínhamos perguntado se não podíamos pegar os brinquedos do meu primo, mas disseram que não, e assim a minha mãe tirou dois livros da bolsa e naquele momento estávamos sentadas no chão, cada uma com o seu livro. Na mesma hora nossa tia apareceu com uma cesta trançada, e na cesta havia quatro ovos bonitos, talvez de madeira, os ovos eram bem pesados, me lembro de sentir o peso deles na mão, e se não me engano as cores eram pintadas em amarelo, cinza-claro e verde com pequenos padrões.

This is for you, disse a minha tia, sorrindo para nós. Ela entregou a cesta para mim, porque eu era a irmã mais velha, mas o presente era para nós duas, porque ela também olhou para Lisa, que tinha o rosto iluminado ao ver aqueles ovos bonitos, e depois para mim, feliz com o belo presente. Ao mesmo tempo um outro convidado veio cumprimentar a nossa tia, que logo sumiu entre as visitas na sala.

No instante seguinte, enquanto Lisa tirava os ovos da cesta trançada, levantei com um salto, porque tinha me esquecido do mais importante: corri até a minha tia, que falava com um homem que eu não conhecia, e ainda resfolegando disse *Thank you, auntie Kate, thank you so much*. Ela me olhou surpresa e eu agradeci mais uma vez pelos ovos que ela havia nos dado, os ovos na cestinha. Ela me olhou, hesitou um pouco e em seguida riu.

I didn't give them to you, ela disse, enquanto trocava um olhar com o parceiro de conversa, que riu junto. Os ovos não eram um presente. Por que eu tinha achado que eram? A ideia era que nós tivéssemos com o que brincar, ela disse enquanto eu me afastava caminhando para trás. Talvez minha decepção se devesse aos ovos não serem para nós, talvez eu me sentisse constrangida pelo mal-entendido, talvez eu me sentisse constrangida pela risada deles — o fato é que minha alegria desapareceu, e no mesmo instante vi minha tia olhar mais uma vez para o homem desconhecido, um olhar meio condescendente, um erguer de sobrancelhas que ela costumava usar quando não entendíamos uma coisa ou outra, quando uma de nós misturava francês e inglês, ou então quando esquecíamos dos *thank you* e *please* durante as nossas visitas.

Lisa continuou sentada com um ovo em cada mão, porém eu havia perdido o interesse. Expliquei que os ovos não eram para nós, mas assim mesmo Lisa disse que os achava bonitos. Achei que demoraria até que ela também perdesse o interesse, mas logo depois Lisa também não tinha mais vontade de brincar com os ovos. Com todo o cuidado, pusemos a cesta no parapeito da janela e saímos ao pátio em busca do nosso primo.

Quando mais tarde estávamos no trem, contei aos meus pais sobre a cestinha com os ovos pintados, e minha mãe tentou explicar a reação da minha tia. Talvez nós tivéssemos entendido errado. Talvez ela tivesse dito *This is for you to play with*. Mas eu sabia que não era isso o que ela tinha dito. Talvez, nossa mãe disse, ela tivesse acabado de ganhar a cestinha com ovos do convidado que estava com ela. Talvez ela tenha querido salvar aquela situação, para o convidado não achar que ela tinha feito pouco caso do presente. Talvez, talvez, disse o meu pai, e não tocamos mais no assunto.

Quando fizemos a baldeação em Londres, meu pai sumiu na multidão, e pouco depois voltou com dois ovos de chocolate embrulhados em papel dourado, e lembro que o carreguei com todo o cuidado quando seguimos viagem. O ovo era quase grande demais para as minhas mãos, e além disso era pesado. Lisa ainda era pequena demais para carregar o dela, mas eu carreguei o meu com todo o cuidado no trem e fiquei lá sentada com o ovo em cima da mesinha, e quando chegamos eu pude tirá-lo do trem ainda inteiro. Já não me lembro mais de quando foi que o comi. Já não me lembro mais do gosto, e já não me lembro mais do som do papel dourado quando abri o ovo. O gosto e os sons deviam estar lá, mas só me lembro da viagem de trem com um grande ovo dourado à minha frente.

#512
A Páscoa que encontrei na minha lembrança não me ajudou em minha busca pela primavera. Tampouco cheguei mais perto da primavera quando encontrei *hot cross buns* num supermercado, ou quando descobri uma loja que vendia guardanapos de Páscoa e uma redinha amarela cheia de coelhinhos de chocolate. Pedalei para longe com a minha caça guardada nas bolsas da bicicleta, e pensei que aquilo parecia uma medida desesperada. Que não tinha nada a ver com a Páscoa ou com a primavera. Eram apenas itens de cenografia. Tomo nota disso no meu bloco de notas verde, e também de endereços de Páscoa, sinais da Páscoa, temperaturas e horas de sol.

#513
Hoje tive uma surpresa. De repente, com o vento a favor, pedalo por uma ciclovia de chão, atravessando pontes e seguindo ao longo de um curso d'água, o sol aparece, minha máquina das estações funciona, pouco importa que seja um dia de novembro. Pouco importa que a minha Páscoa seja feita de itens de cenografia. O vento levou-me até o meu ano. Pedalo com as minhas mentiras de primavera, pequenas mentiras verdes, ou então amarelas. Meu dia de novembro me solta, deixa a mão escapar, e eu pedalo para longe. Venci o céu imóvel e sem Páscoa de novembro. A noite foi nublada, mas hoje o sol da primavera brilha e pedalo rumo ao sul.

#519

De repente os cordeiros recém-nascidos estão lá, num campo da Cornualha. Penso na meteorologista, que falou a verdade. Aqui há cordeiros de Páscoa. Sigo pedalando, e não é apenas um único campo assim: são vários. As ovelhas andam ao lado dos cordeiros. Paro, admirada. Aqui não está frio, é quase quente. A primavera chegou. Dou meia-volta e pedalo ao longo do campo, e vejo uma placa onde se lê *Springfarm* e *Bed & Breakfast*. Penso na arquiprimavera, no concentrado da primavera, na essência da primavera, e por fim entro.

#526

Não é fácil segurar uma primavera. Ela foge das minhas mãos assim que paro. Sento ao lado da janela no anexo atrás da minha fazenda de primavera, e vejo ovelhas e cordeiros no campo. Os estábulos estão repletos de primavera, as ovelhas têm cordeiros, as vacas têm bezerros, os campos estão verdes, há pastos e campos com as sementes do inverno.

Mas falta alguma coisa. Não escrevo isso no meu livro, mas escrevo aqui. Tem uma coisa no ar ou num lugar qualquer em meu corpo. Sentimentos e cheiros, talvez sons. A explosão de vozes de pássaros, o cheiro das plantas. É como se o ar fosse rarefeito demais, ou talvez fossem as árvores recém-brotadas; falta uma coisa ou outra na atmosfera, a química da primavera, o pólen, não sei, mas é difícil evocar o sentimento de primavera, mesmo que os campos estejam verdes.

No meu livro eu não escrevo que não há primavera no ar, nem que faltam sons no céu. Não é uma coisa que se possa ver, mas sinto o cheiro do vazio. Escuto-o. Ninguém canta.

Pela manhã bato na porta da propriedade e me alojo no anexo. Faço como se eu tivesse acabado de chegar e deixo a bicicleta no pátio. Pouco depois chega uma família com crianças.

Vieram ver os cordeiros da primavera e os bezerros. O proprietário nos leva a dar uma volta pela propriedade enquanto fala sobre o negócio. É prático deixar que as ovelhas e vacas tenham bebês no outono. Ele diz "bebês". Talvez por causa das crianças. Para nós ele fala sobre os benefícios da reprodução sistematizada. É uma questão de aproveitamento do tempo e da força de trabalho. Quando a colheita de frutas e a semeadura do outono terminam, há mais trabalhadores disponíveis. Assim é possível conseguir ajuda para o manejo dos animais, e é bom deixar que as ovelhas e as vacas deem cria no outono: assim eles crescem durante o inverno e estão prontos na primavera.

Atrás da propriedade há mais estábulos com mais ovelhas e cordeiros que imaginam ser primavera. Eles oferecem aluguel de cavalos, então alugo um cavalo, um animal manso, e vamos passear na floresta, em silêncio, mas é uma floresta de outono. Não consigo manter a primavera sozinha.

#543

Deixei a bicicleta num depósito em Plymouth. Guardei as bolsas da bicicleta e as minhas galochas num canto por lá, mas a capa de chuva eu trouxe comigo. Peguei um ferry e agora estou sentada num trem a caminho do verão. Noto mudanças. São as plantas que me ajudam pelo caminho. Penso em aspargos. Em ruibarbos e morangos temporãos. Estou pronta para o verão, e estou a caminho. Ansiosa pelo sol. Cheia de expectativa. Não preciso de dias escaldantes, apenas de um verão ameno com um pouco de sol e som de praia.

Penso na minha irmã. Pensei em trazê-la comigo para o verão, em visitá-la e contar tudo, fazer uma mala e voltar para cá.

E depois penso em Thomas. Penso no olhar dele. Na sensação de pele quente e dia de verão. Penso que posso ir a Clairon, que posso buscá-lo, que no fim talvez ele queira viajar comigo, que podemos viajar rumo ao verão.

Penso no som dos passos dele na escada em uma tarde de verão. No rangido da madeira a cada passo dele. Ele voltou do correio. Ouço quando ele sobe para arrumar o escritório e põe uns livros no lugar. Subo a escada, há trabalho a fazer, mas em pouco tempo estamos deitados no quarto.

Mas eu sei muito bem. Sei que ele não quer viajar comigo. Que não posso usar o verão para convencê-lo. Ele vai dizer que eu mesma tenho que encontrar o verão. Não vou buscar ninguém, sequer a minha irmã. Vou encontrar o caminho sozinha. Como eu pediria que me acompanhassem? Como eu os traria para o meu dezoito de novembro?

#562

Encontrei o verão. Verão em novembro. Ou melhor, o início do verão. Numa praia perto de Montpellier. Aqui faz um tempo ameno de verão e sol durante o dia. Anoto as temperaturas e as horas de sol no meu livro das estações, e escrevo que a temporada ainda está no início, porque não há muitos turistas. Por outro lado, é fácil encontrar casas de veraneio, e é fácil encontrar lugar num café de verão.

Me hospedo numa casa vazia na beira da praia, e pela manhã como morangos na minha cozinha com vista para o mar. Compro aspargos e peixe fresco, e logo vou seguir rumo a dia mais quentes. Já não tenho mais utilidade para a minha capa de chuva, então a dobrei e a guardei no armário embaixo da escada com a sombrinha, e quando subo a escada até o meu quarto com vista para o mar ouço o leve som dos degraus sob os meus passos, o início do ranger do verão.

Encontrei cobertas e travesseiros de verão. Levei-os ao terraço, e por duas ou três vezes dormi por lá. Estavam manchados, e fazia bastante frio quando acordei, porque as manhãs são úmidas, mas assim mesmo a escada rangeu quando levei os travesseiros e edredons de volta para o quarto, não muito, o barulho não é bem como o ranger do verão, mas o sol brilha na janela e logo eu sigo ao longo da costa, porque estou pronta para o calor. Rumo ao sol, à praia, às noites de verão.

#578

Não é difícil encontrar o verão em novembro. Você segue o fluxo de pessoas que desejam o verão e, quanto mais ao sul você segue, mais pessoas você encontra na praia, nas calçadas. Mais pessoas e menos roupas.

Penso mais em corpos agora que é verão. Penso mais em pele, em mãos e pés e braços e pernas agora, quando posso vê-los nas ruas. Os corpos na praia levam-me a pensar em Thomas. Eu o trago para aquela cena. Lembro que os corpos podem estar nus, e de repente Thomas entra em cena, porque as roupas desapareceram. Todos os braços e todas as pernas a nu podem ficar com os veranistas, mas, se me fixo mais um pouco no assunto, é Thomas quem ocupa os meus pensamentos.

Não posso fazer de conta que ele não existe. Como se ele não estivesse sentado num lugar qualquer em casa, enquanto eu estou deitada ao sol, observando os banhistas. Não posso parar numa mesa de bar, falar com um dos veranistas, convidá-lo para ir à minha casa e sentar com ele para beber vinho na sacada, e depois levá-lo comigo para a cama. Não posso fazer uma coisa dessas, porque sei que mais cedo ou mais tarde ele vai se transformar em Thomas diante dos meus olhos.

#584

Fico de olho na casa. Passei em frente a ela hoje pela manhã e durante o dia. Depois passei em frente mais uma vez, já tarde da noite. A minha casa. A minha casa de veraneio. Ela fica escondida numa das ruas que vai até a praia. Não há ninguém à vista, então volto no dia seguinte. Não consegui encontrar a chave: procurei sob os vasos de plantas e num depósito nos fundos do pátio, e acabei forçando a entrada, não foi difícil, eu encontrei uma janela do porão nos fundos da casa, no lado que dá para o jardim e para um pátio com mesa e duas cadeiras, prontas para uso no verão.

Acho que já faz bastante tempo desde a última vez que alguém morou na casa, mas agora sou eu que moro aqui. Os móveis de jardim estavam na rua, como se me esperassem. Não foi difícil abrir a janela e entrar no porão. A casa estava habitável, mas empoeirada. Na mesa da cozinha havia um molho de chaves, e quando subi a escada eu soube que aquela poderia ser a minha casa até o fim do verão. Foi o barulho da escada. Me senti em casa, e no meu livro das estações escrevi que o verão havia chegado. Anotei os endereços de hotéis espanhóis, tomei nota de estações de trem e ônibus, escrevi o nome de pequenas cidades e ruas, e agora também escrevo o endereço da minha casa. Escrevo que a casa é amarela. Que o mercado na praça está aberto pela manhã, e que da porta não levo mais do que cinco minutos para chegar à exuberância do verão.

#592

É a primeira vez que me ocorre: Thomas tem razão quando diz que eu preciso encontrar uma saída sozinha. Com o seu olhar para detalhes, ele tinha dito. Não sei se existe uma saída a ser encontrada, mas observo os detalhes, as partes do corpo, os detalhes humanos. Um dedão do pé com cabelos pretos, um pé num chinelo. Olho para o chão da mesa ao lado no café.

Percebo uma nuca à minha frente no trem que segue rumo a uma das cidades próximas. Uma mão, duas mãos, na verdade, juntas, amarrando um dos barcos no porto. As mãos dançam uma dança complexa, e em pouco tempo o barco está amarrado. Fico olhando para o mar e penso em perguntar se não posso seguir viagem, mas será que consigo navegar pelo dezoito de novembro? Não sei, mas sei que encontrei o verão. Talvez eu não devesse querer mais nada.

Vou à cidade e paro num café. Meu olhar para detalhes se fixa num homem que lê jornal. Ele ajeita os óculos com o indicador entre as lentes. Depois levanta o rosto. Meu olhar para detalhes vê quando ele sorri, mas logo esse olhar desaparece e eu tiro o meu livro da bolsa.

Prendo o cabelo para cima e escolho um vestido de alcinha. Meu cabelo está comprido, e numa manhã eu vou ao cabeleireiro. Me sinto mais leve ao ver meu cabelo no chão, embaixo da cadeira. São coisas que perdi: meus cabelos e minha esperança, penso. São os cabelos que Thomas afagou. Eles caem no chão e são varridos. Depois restam apenas os cabelos do dezoito de novembro na minha cabeça.

#605

À tarde eu vou para a cidade. Não apenas nessa noite: primeiro uma, depois mais uma, dias depois eu volto. Danço sem falar muito, porque a música é alta. Falamos idiomas diferentes, mas são frases simples, quase abafadas pela música.

Ajeito o meu cabelo e digo que perdi os cabelos e a esperança. Falamos inglês. *My hair and my hope*, eu digo, e continuo dançando. Na noite seguinte digo a mesma coisa em alemão e em francês, mas logo não há mais nada nessa observação. *Meine Haare und meine Hoffnung. Mes cheveux et mes espoirs.*

Danço, ouço o frufru das saias e penso nos dias em Clairon. Penso que mais uma vez tenho um humor. Penso: *cheia de alegria* e *sem esperança*. Bebo drinques com cubos de gelo, danço, faço brindes com outros frequentadores enquanto como azeitonas e *guindillas* bascas. Também danço com mulheres, mas acima de tudo com homens. O lugar é repleto de detalhes, e presto atenção a tudo. A todos os sinais: percebo todo um conjunto de sinais praticamente esquecidos que se revelam para mim. São os meus braços e o meu rosto. São as mãos que não param de mexer no que restou do meu cabelo. Ajeito um pouco o vestido, lemo-nos um ao outro, aproximamo-nos e em seguida nos afastamos. Bebo drinques ácidos com um homem que olha discretamente para a minha mão, e só então percebo que ele estava procurando as marcas de uma aliança. Ele tem uma listrinha de pele mais clara no dedo, e pergunto se está com a aliança guardada no bolso. Ele responde que está. Em seguida me mostra a aliança, e digo que eu e Thomas nunca usamos. Não achamos que seria preciso sinalizar nada. É um detalhe supérfluo, digo. É ele quem me diz que o que estamos comendo são *guindillas* bascas. Ele já morou em Navarra, e tenta me ensinar a dizer em basco que perdi os cabelos e a esperança, mas é muito difícil, eu me perco nos detalhes das palavras, e mais tarde, quando já estamos caminhando no escuro, começamos a falar sobre idiomas pré-indo-europeus. Nossas conversas movimentam-se em círculos. Contei sobre o dezoito de novembro, mas noto que ele não acredita em mim.

Tarde da noite, volto para casa. Ando com os meus sapatos, que fazem *claque-claque* à noite, *clique-clique* e *claque.* Hesito, mas não paro. Sei que se eu levar um dos frequentadores para casa vou encontrar Thomas. Ponho os meus sinais para dormir e sento na escuridão noturna atrás da casa.

Meu olhar para detalhes se volta para dentro, para a imagem de Thomas, e a seguir mais uma vez para fora. Para o céu estrelado, porque hoje à noite olho para o céu. Meu telescópio não está aqui, mas a noite é escura. Reconheço várias estrelas. São minhas amigas do gramado em Clairon. Ouço sons, dois corredores passam ao longo da minha cerca, mas não consigo vê-los, porque os arbustos ao redor obstruem a minha visão da rua. Uma criança chora, e uma mulher de voz envelhecida tenta oferecer consolo. Um homem e uma mulher passam. Os dois estão no meio de uma conversa. Depois vem um grupo, e mais tarde duas mulheres que começam a rir.

Ouço todas as línguas do verão, que se misturam umas às outras, ouço espanhol e inglês e alemão, e então ouço finlandês, depois uma língua asiática, e por fim uma escandinava que, acho eu, é norueguês.

#631

Já não saio mais à noite. Me contento com o céu e as pessoas que passam. Me contento com os sons do verão, com as línguas, com as estrelas à noite. Fiz uma visita ao observatório local e vi partes de uma enorme lua cinzenta, realmente enorme.

Ouço as estrelas. As palavras e a música. Durante o dia eu caminho pela cidade, entro em lojas e ando de um lado para o outro numa praia de pedrinhas nos arredores da minha casa. Junto cacos de vidro colorido em várias cores e os guardo num pote transparente em cima do parapeito. Estou há tanto tempo aqui que já conheço muitos dos veranistas, atendentes de lojas e garçons dos cafés, e mesmo que eles não me reconheçam, isso faz com que eu me sinta em casa. Me agarro ao verão e ouço as línguas do verão. Busco palavras que soem como o verão, escrevo-as no meu livro e, se ouço uma pessoa dizer *Weihnachtsgeschenke*, me afasto depressa. Penso no arquiverão, no concentrado do verão, na essência do verão, e enquanto volto para casa tento dizer *Wahljahreszeit*, mas a palavra se embaralha toda, mesmo que eu tente manter o ritmo enquanto caminho.

#639

Me preparo para terminar o meu verão. Penso no outono. Penso na casa em Clairon, na chuva de outono, mas não sinto falta de nada. Não sinto falta dos sons na casa, da chuva no telhado, da água nos canos. Não sonho em voltar. Para o rangido da maçaneta. Para os pacotes e as correspondências no chão do corredor. Para a xícara contra o pires. Para a fumaça que sai pela chaminé. Para os pássaros nas árvores, a mão contra a parede, as silhuetas ao lado da cerca em meio à chuva.

Sinto falta dos passos de Thomas na escada, mas o que me faz falta são os passos na escada de verão. Não a escada de novembro. Não sinto falta de Thomas no dezoito de novembro, não sinto falta da casa em Clairon.

Tenho uma escada na minha casa, ela range quando subo ou desço, mas isso é tudo o que tenho. Quando deito na cama com a janela aberta para a noite, a casa está toda em silêncio. Nada range, e ninguém sobe a escada.

#649

Sigo rumo ao fim do verão. Em silêncio. Rumo ao norte. Senti uma leve tristeza com o clique metálico da fechadura, mas agora estou a caminho. Deixei a chave atrás da pequena pilha de tijolos na despensa, porque tenho planos de voltar. Pelo menos é assim que estou pensando. Tenho planos de voltar, porque construí o verão e mais tarde vai ser verão outra vez, e quero guardar minhas mentiras coloridas de verão, e agora estou trancando a porta e seguindo rumo ao fim do verão e ao outono. Rumo a novembro, rumo aos dias de novembro reais, mas não agora, e não escrevo nada disso no meu livro das estações, porque quero o fim do verão e as tardes frescas.

Procuro as cidades do fim do verão, e penso nas ruas do outono. Escrevi "Madri" no meu livro das estações, viajei rumo ao norte, passei um tempo olhando para os dados da meteorologista e encontrei casas de fim de verão no computador do meu hotel, e agora já posso notar a mudança, um despertar, uma tristeza atenta. O verão passou, caminho com o casaco no braço, meu casaco de primavera transformou-se num casaco de fim de verão. Não preciso dele hoje, mas quando as nuvens ocultarem o sol vou estar pronta.

#654

É um calafrio, uma forma discreta de pânico. Procuro setembro. Procuro lugares que se pareçam com setembro em Clairon, uma manhã nublada, um pouco de frio no ar, dias que se desvencilhem do calor do verão. Há mais roupas na rua, menos pele. Há casacos e sapatos. Entro em casa, percebo uma inquietude, mas nada acontece. Hoje fui ao teatro, mas tudo o que consegui ver foram pessoas presas numa sala, um palco. As pessoas andam de um lado para o outro, mas não encontram uma saída.

#655

Aqui tudo está quieto. É manhã, e estou sentada num banco ao lado do canal, mas não há nenhum movimento. Olho para a água calma e marrom. Ou melhor, não há quase nenhum movimento. A água corre devagar, mas se você fixa o olhar numa folha caída na superfície, então você pode ver o movimento: a folha se movimenta com um movimento pequeno.

Minha máquina enguiçou. Penso em setembro, e lá está uma folha na água, e tudo está prestes a parar de uma vez por todas.

No meu livro das estações escrevi sobre o agosto ameno e o início de setembro. Escrevi Arcachon e Bordeaux e La Rochelle. Segui pela costa do Atlântico rumo ao norte. Tomei nota de horários de trens e endereços de hotéis, tudo o que sempre costumo anotar, mas assim mesmo senti como se o meu ano houvesse parado de uma vez por todas.

#658
Não sou uma viajante. Me desloco de tempos em tempos, mas não são viagens. Me desloco só um pouco rumo ao norte. Tento sentir o gosto de setembro. Compro maçãs e peras. Compro uvas e frutinhas silvestres. Peço pratos de outono e ajusto meu casaco junto do corpo.

Leio sobre o inverno e a primavera e o verão no meu livro das estações. Escrevo "setembro" enquanto penso em mentiras brancas como a neve do inverno e em todas as cores, mentiras verdes de primavera e mentiras azul-escuras como a noite de verão, mentiras alaranjadas das manhãs em agosto, todas marrons e vermelhas e cinzentas, porém agora as mentiras tornam-se cada vez mais finas, elas são cinza-claras e têm matizes suaves, mas tornam-se cada vez mais translúcidas a cada dia que passa. O tempo inteiro eu pressinto novembro, mas escrevo "setembro". No museu eu admiro vidros romanos, coloridos, opacos. É isso. Minhas mentiras se transformaram numa fina camada de vidro. Posso ver através delas, elas têm um matiz suave, uma fina camada de passado e desgaste, um pouco de pigmentação, mas assim mesmo posso ver: os vidros estão repletos de novembro.

#667
E de repente encontrei setembro. Um setembro inesperado. Fora das estatísticas, porque de repente me lembrei do meu dia de novembro quente demais em Colônia. Estou a caminho do inverno, e na praça em frente à estação faz calor demais, porém agora eu consigo notar setembro, porque as ruas têm o ar de setembro.

Desci do trem e subi até a esplanada, onde a catedral se ergue ao meu lado. Na última vez que estive aqui eu desejava dezembro e janeiro, e a temperatura me tirou da minha rota, mas agora percebo apenas uma leveza no ar. Dezessete graus e uma brisa fresca.

Na esplanada fui recebida por um vento suave, e depois entrei na catedral e vi as cores dos vitrais sob a iluminação tênue, e o sol apareceu por um instante, e tudo foi banhado pelo forte brilho de cores, por todo aquele espaço surgiram cores, acima e abaixo, no teto e nas paredes e nas sombras do chão, antes que tudo voltasse a se apagar. Uma luz tranquila. Setembro em cores.

#671

Minha inquietação foi embora, e me achei no dia de setembro. Encontrei um hotel e agora estou andando pela cidade. O verão se fechou. O outono chegou, um sussurro discreto, um dia amistoso.

Me sinto em casa quando sento num banco e observo as folhas amarelas. Me sinto em casa nas ruas e nos cafés. Não é difícil fazer com que os dias passem. Me distraio: vou ao cinema, ao teatro e a concertos. Uma curiosidade tranquila me leva a museus e exposições. Tomo nota de tudo, uma rua onde o vento de repente sopra com mais força, uma exposição que me prende por horas a fio e me faz voltar no dia seguinte, um canto aconchegante num café onde paro para ler. Tudo é outono, um outono leve e curioso. É um círculo que se fecha. Me espreguiço. Cheguei a setembro e sigo rumo a outubro, e quando eu chegar a novembro vou começar tudo outra vez, um ano, um modelo, uma máquina das estações aberta, na qual posso andar quantas vezes quiser.

#682

Eu havia temido por esse momento, mas achei que não chegaria a acontecer. Por quê, eu não saberia dizer. Afinal, por que eu não estava preparada? Eu poderia ter imaginado. Que poderia acontecer. Um furto. Um simples furto de bolsa. Mas a minha bolsa não é apenas uma bolsa. Minha bolsa é tudo. Tudo o que eu tenho. Se a bolsa desaparece, eu desapareço junto. Ou quase. Mas ela está de volta. Tudo está de volta. Ou quase. Tudo o que eu preciso está de volta. Mas ainda sinto o pavor. Ele não desapareceu, mesmo que eu tenha conseguido a bolsa de volta. Agora tenho o pavor e a bolsa, e carrego ambos comigo. Mas já não tenho mais o livro das estações.

Cheguei a Düsseldorf com o mesmo tempo ameno à tarde que eu havia encontrado em Colônia. É uma área de alta pressão que se instalou na zona leste da cidade. Chamei tudo isso de setembro, mas tudo começou com uma busca por outubro. Eu estava procurando um céu claro e um pouco mais de frio, e pude encontrar um céu claro em Düsseldorf quando procurei no banco de dados da meteorologista no computador do meu hotel em Colônia.

E assim eu cheguei anteontem a Düsseldorf. Já na estação de Colônia eu tinha notado que havia mais passageiros que das outras vezes. Era perto de duas horas e eu pegaria o primeiro trem com destino a Düsseldorf, mas apenas quando sentei me ocorreu que eu havia pegado o trem local, que parava em todas as estações. Não apenas passageiros, mas torcedores de futebol a caminho de Düsseldorf. Não porque fossem desagradáveis, talvez pelo contrário, porque fossem agradáveis e amistosos. Levemente alegres depois de beber um pouco. Eles falavam alto, de um jeito alegre e meio preocupante para quem não era torcedor, mas apenas um viajante de setembro a caminho de outubro.

Me ofereceram uma lata de cerveja, que aceitei, um pouco hesitante. Pensei em cerveja de setembro e partida de setembro, mas acho que foi para não perder o meu rumo. Não é muito frequente encontrar festividades nos trens, e minhas viagens anteriores pelos arredores de Colônia devem ter acontecido um pouco mais tarde, porque eu não lembrava de torcedores de futebol nem de festejos nem de cerveja em outros dezoito de novembro.

Meus companheiros de viagem estavam indo para uma partida entre o time da cidade e outro time que devia ser de Colônia, e havia torcedores de ambos os lados. Havia um clima de tolerância mútua, e talvez até mesmo uma expectativa trazida pelo espírito de competição, mesmo que fossem torcedores de times adversários e usassem cachecóis de cores diferentes, vermelho e branco para um time e vermelho e preto para o outro.

Tudo indicava que aquela seria uma partida importante. Que um dos times poderia subir ou ser rebaixado, mas quem faria o quê, ninguém poderia dizer. Horas mais tarde o assunto estaria decidido, e uma parte dos passageiros seria de vencedores, e a outra de perdedores. Uns subiriam para uma outra divisão ou série, ou sei lá como se chama, outros acabariam rebaixados. Eu não estava muito certa quanto às consequências daquela partida, porque não havia notado que aquela partida evidentemente importante acontecia no dezoito de novembro.

O trem estava cheio, os passageiros se equilibravam pelos corredores, uns sentavam no chão junto à saída e havia pequenas poças de cerveja aqui e acolá, poças de companhia, como se fosse a cerveja que mantivesse os adversários unidos — que nos mantivesse unidos. Brindei com ambos os lados e esvaziei a minha lata enquanto o trem se enchia cada vez mais, e comecei a pensar que eu devia oferecer meu assento a um dos passageiros mais trôpegos, porém logo chegamos a Düsseldorf, e na estação saímos do trem para a plataforma e descemos as escadas. No saguão havia vários funcionários, e foi lá que me senti um pouco desconfortável. Não estava bem claro se eles previam hostilidades ou celebrações, e assim me apressei rumo à cidade enquanto os torcedores dispersavam-se pelas ruas ou saíam em busca de meios de transporte capazes de levá-los ao estádio onde a partida aconteceria.

Era uma tarde de sol em Düsseldorf. Talvez um pouco mais fria do que em Colônia e um pouco menos nublada, e andei pela cidade na minha busca por outubro e por um quarto de hotel. Enquanto eu caminhava, notei um leve entusiasmo causado pela indefinição da situação em que eu me encontrava: havia coisas que eu não sabia no dezoito de novembro, e ainda podia haver pequenas surpresas ocultas, um pouco de emoção. Senti uma alegria repentina em razão da minha ausência de conhecimento, não porque eu já imaginasse saber tudo sobre o dezoito de novembro, mas eu sabia muita coisa, e poderia saber ainda mais se quisesse, mas naquele momento eu não tinha como saber o resultado da partida de antemão. Eu era uma novata total ao futebol no dezoito de novembro.

Por um breve instante pensei em participar daquilo. Eu poderia ir a um estádio assistir a uma partida de futebol pela primeira vez na minha vida, pensei, mas logo desisti da ideia, porque não seria nada fácil encontrar um hotel onde passar a noite, e essa era uma tarefa que eu precisava resolver primeiro. Me informei nos hotéis mais próximos da estação, mas apenas no quinto havia quartos vagos, era um hotel menor, a dez minutos a pé da estação, onde praticamente não havia torcedores hospedados.

À tarde acompanhei a partida pela televisão em um bar próximo ao hotel. O time local venceu, e como eu tinha imaginado poderia subir à divisão seguinte, mas tudo isso veio ao final de um jogo longo e tenso, embora eu já tivesse começado a perder o interesse. Quando a partida acabou, o entusiasmo no bar era grande, porque lá só havia torcedores do time local, mas após uma série de brindes a quantidade de cerveja me deixou com sono, e assim saí discretamente do bar e voltei ao hotel.

Ontem acordei com dor de cabeça e logo continuei a dormir, acordei mais uma vez pouco depois do meio-dia, peguei um sanduíche não muito outubrino nos arredores e, já no meio da tarde, quando o sol enfim apareceu, saí para dar uma volta pela cidade. Enquanto eu caminhava, notei que o momento antes da partida se aproximava, e pude quase sentir quando a cidade ao meu redor fez silêncio, o tráfego diminuiu e boa parte dos moradores começou a se deslocar para o estádio ou então para outro lugar com uma televisão. Nos cafés e pizzarias por onde passei havia TVs ligadas e torcedores solitários com cachecóis ou camisas nas cores do time local, mas se não fosse por isso não haveria como saber para que time aquelas pessoas torciam. Imagino que a maioria dos torcedores com roupas mais festivas tivesse se deslocado ao estádio para ver a partida de perto.

Andei pela cidade, desci uma escada de pedra que levava ao Reno e continuei minhas andanças ao longo do rio. Não havia muita gente à vista. Aqui e acolá havia um casal ou uma pessoa solitária no cais, onde uma orquestra de jazz tocava em um navio-restaurante, e sentei ao sol numa cadeira preta de plástico e bebi uma cerveja enquanto outros clientes aproveitavam um almoço tardio ao meu lado.

Pensei que eu havia tomado gosto por cerveja, e pensei na Oktoberfest. Se a Oktoberfest não seria minha próxima data festiva. Se não seria minha última estação antes que viesse novembro, e pensei onde eu poderia encontrar um festejo. Talvez uma Oktoberfest para pessoas que não se conhecem, porque eu não estava certa de que poderia ser recebida num grupo de desconhecidos, como tinha acontecido no trem com os torcedores de futebol.

Pouco depois continuei ao longo do rio, observando os navios, as pontes e o cais de pedras cinzentas que se estendia à frente. Não sei se eu estava distraída, se foi porque eu tinha bebido uma cerveja ao sol ou se foi apenas uma coincidência, mas de repente um homem apareceu de bicicleta, ouvi o barulho de uma bicicleta antiga com a correia enferrujada ou com uma roda que se roça contra os para-lamas, talvez o barulho tenha me distraído, mas o fato é que quando me dei conta ele havia pegado a minha bolsa, que eu trazia no ombro, havia-a tirado das minhas mãos, com um gesto um pouco bruto, pensei, e enquanto eu cambaleava ele conseguiu puxá-la por cima do meu braço, com um movimento hábil e rápido, sem que eu pudesse reagir. Tudo o que pude ver foi que o homem estava vestido com as cores do time local, tanto no cachecol como na touca que lhe cobria as orelhas. Ele usava um moletom azul--escuro com capuz e uma calça escura de treino com uma listra branca, que se revelou quando ele — sempre com a minha bolsa na mão — virou-se e desapareceu por uma passagem que levava do cais à cidade.

Comecei a gritar e corri atrás dele assim que me pus mais uma vez de pé, mas o homem já estava longe quando cheguei lá. Tentei encontrá-lo enquanto eu recuperava o fôlego, mas ele devia ter atravessado o sinal vermelho naquele pouco tráfego e já havia desaparecido numa das ruas estreitas no outro lado da estrada.

Fiquei chocada, fiquei confusa e me senti nua sem a minha bolsa. Eu já tinha pensado que aquilo podia acontecer, porém a ideia tinha me parecido improvável. Em primeiro lugar, a bolsa estava gasta e não parecia conter nada de valor, e em segundo lugar eu não pareço ser o tipo de pessoa que anda com objetos de valor. Por segurança, ando sempre com um cartão de crédito extra no bolso do casaco, mas nunca achei necessário tomar grandes precauções, a não ser pelo hábito de guardar o dinheiro sempre fracionado, em lugares diferentes. Minhas coisas e minhas roupas eu levo comigo na bolsa, ou então deixo no hotel durante o dia, e é raro que desapareçam. Sempre pensei que se a minha carteira ou a minha bolsa fossem roubadas elas acabariam voltando para o lugar de onde foram roubadas, e além disso o roubo seria fácil de esclarecer, porque o ladrão estaria nas proximidades dia após dia, então mesmo que eu fosse roubada esse não seria um problema difícil de resolver.

Mas agora eu me sentia perdida sem a minha bolsa. Andei pelo cais, na zona próxima ao ocorrido, ainda que eu mesma tivesse visto o ladrão desaparecer com a minha bolsa. Continuei na direção por onde ele havia desaparecido e vasculhei portões e lixeiras nas ruas mais próximas, mas não encontrei a bolsa em lugar nenhum, e por fim não me restou mais nada a fazer senão voltar para o hotel. Por segurança, voltei ao restaurante no cais e perguntei se ninguém tinha visto o ladrão ou a minha bolsa, mas ninguém pôde me ajudar nessa busca.

No caminho de volta ao hotel tampouco encontrei a bolsa, e assim não havia mais nada a fazer senão esperar se ela voltaria por conta própria. Faria mais sentido deixar o dia passar e voltar para o local do ocorrido mais tarde.

Ao chegar na recepção, mencionei o roubo, e como talvez eu tivesse um recibo do hotel na bolsa, solicitei aos funcionários que ficassem de olho caso entregassem uma bolsa ou uma carteira similares às minhas. Os funcionários sugeriram que eu contatasse a polícia e fizesse um boletim de ocorrência.

Hoje à noite tive dificuldade para dormir. Primeiro tive dificuldade para pegar no sono, e quando finalmente consegui, passei a acordar de tempos em tempos, e a cada vez eu examinava o quarto para ver se a minha bolsa tinha voltado. Mas a bolsa não voltou. Não estava ao lado da minha cama quando enfim acordei ao fim de duas ou três horas de sono ininterrupto, e tampouco voltou durante a manhã. Também não foi entregue na recepção, e não estava à minha espera na rua ou em qualquer outro dos lugares onde procurei: a lixeira do hotel, a chapelaria atrás da recepção e os banheiros ao lado do salão de café da manhã.

Ainda durante a manhã fui dar minha primeira volta na rua, e quando o momento do roubo se aproximou fui dar um passeio nas mesmas ruas onde tudo aconteceu. Toda vez que eu via uma pessoa com o cachecol ou a touca do time local, e toda vez que eu via uma pessoa com calça de treino ou moletom com capuz, eu me aproximava e olhava discretamente para a pessoa, mas não descobri ninguém que se parecesse com o ladrão de bicicleta, e além disso não vi nenhuma bicicleta que pudesse ser a do ladrão. Entrei em vários cafés e pizzarias, mas não encontrei uma pessoa que se parecesse com o meu ladrão em lugar nenhum.

Mais tarde parei no restaurante do cais e dessa vez bebi uma xícara de café, mas ainda não havia ninguém nos arredores que se parecesse com o ladrão, e na verdade ninguém com cachecol ou calça de treino, e tampouco ciclistas. Mais ou menos à mesma hora de ontem, levantei e comecei a andar pelo cais, com a minha atenção focada ao máximo, mas não havia nenhuma pista a seguir. Por fim desisti daquilo e sentei num banco com vista para o rio. Nada aconteceu, e decidi voltar pelo mesmo caminho.

Foi uma boa decisão, porque ao passar em frente às mesas do restaurante de repente avistei minha bolsa perto de uma das mesas afastadas, não muito longe do lugar onde eu havia sentado. Estava apoiada contra uma floreira, como se eu mesma a houvesse esquecido ao ir embora. Fui depressa buscar a bolsa e perguntei desesperada ao garçom que saía do restaurante com uma bandeja de almoço se ele não teria visto a pessoa que tinha deixado a bolsa por lá. Tentei explicar que a bolsa tinha sido roubada, e perguntei se ele não tinha visto um ciclista, mas ele disse que não, e um casal de japoneses que esperava pela refeição conseguiu apenas me dizer que eles tinham visto uma pessoa com uma bolsa, mas achavam que era eu mesma que tinha aparecido com ela. O que estava correto, porque eu tinha acabado de pegar a bolsa, embora eu não ache que era isso que eles queriam dizer.

Para não complicar a situação ainda mais, agradeci às pressas e fui embora levando a bolsa comigo antes que me fizessem qualquer tipo de pergunta. Olhei ao redor, mas não havia nada de estranho no caminho de volta ao hotel.

Assim que cheguei ao meu quarto, abri a bolsa, que por sorte ainda estava com a minha carteira, os meus cartões de crédito e praticamente todas as outras coisas que não haviam ficado no quarto do hotel. Esvaziei o conteúdo no chão, e havia muitas coisas que eu nem lembrava que estavam lá, mas que continuavam em perfeito estado. O sestércio romano, minha esferográfica do *Salon Lumières*, um saquinho com oito caramelos, uma meia de lã sem par, que estava no fundo da bolsa desde a primavera, e um rímel velho que eu já não usava mais.

Num dos bolsos da frente encontrei o pen drive comprado em Copenhague, cheio de farelos que estavam soltos na bolsa. Em outro bolso estava a lanterna que eu tinha encontrado no armário de limpeza da minha mãe. Meu passaporte também estava lá, mas a carteira, que antes continha cerca de mil euros, estava vazia. Além do mais, o livro das estações havia sumido, bem como os papéis e o dinheiro que ficavam entre as últimas páginas.

Não sei o que aconteceu. Seria difícil encontrar uma explicação coerente, mas imagino que o ladrão deva ter pegado o dinheiro e ficado com o livro das estações, talvez imaginando que lá houvesse informações importantes. Penso que todos aqueles detalhes sobre as estações devem ter parecido estranhos, todos aqueles endereços de empresas, horários de trens e folhas impressas com curvas de temperatura e sei lá o que mais, e em razão do alto valor em dinheiro o ladrão pode ter achado que as anotações misteriosas também estavam de uma forma ou de outra ligadas a dinheiro. Mas isso não explica como a bolsa voltou para o restaurante. Outra explicação possível é que o livro das estações talvez simplesmente não fizesse mais sentido. O ladrão tinha roubado o dinheiro, jogado a bolsa ao lado da floreira e durante a noite o livro das estações pode ter simplesmente desaparecido.

Parece estranho, porém me dei por satisfeita com a ideia de que o livro das estações e o meu dinheiro simplesmente não têm importância. Como se não pertencessem a mim e pudessem simplesmente desaparecer. Mas por que um livro com anotações feitas ao longo de um ano inteiro seria menos suscetível a permanecer comigo do que uma meia de inverno sem par continua a ser uma pergunta sem resposta.

Aliviada e um pouco confusa, recoloquei os objetos na bolsa. O mais importante era que a bolsa estava de volta. Uma explicação para o comportamento das coisas podia esperar.

Em seguida também dei pela falta das minhas chaves — tanto as chaves da casa em Clairon como a chave do quarto 16 no Hôtel du Lison. Por um instante fiquei preocupada com Thomas, mas ele não é mencionado no livro das estações, e o endereço da nossa casa não consta em lugar nenhum. Nem mesmo o Hôtel du Lison é mencionado, e o endereço tampouco consta na chave, então seria muito difícil encontrar as portas certas para aquelas chaves. A pasta com as minhas anotações está ao meu lado, com o bloco de notas que contém todos os meus dias e dois livros que eu tinha deixado para trás antes de sair ontem rumo à cidade. Me sinto mais tranquila, porque mesmo que eu já não tenha mais o meu bloco de notas encadernado em lona verde, ainda tenho tudo aquilo de que preciso.

Mesmo assim, meus pensamentos tentam encontrar uma explicação, pois como o ladrão poderia guardar o fruto do roubo? E o que acontece se o joga fora? Será que ele pegou o dinheiro, as chaves e o livro das estações e deixou a bolsa no restaurante ou será que a bolsa voltou por conta própria? E como o meu livro das estações pode ter desaparecido? Seria mesmo desnecessário? Um objeto que não me faz mais falta? Não sei. Sei que há zonas de indefinição ao redor de tudo, a pane no tempo não é um fenômeno simples, não é um fenômeno mecânico. Sei que há coisas que não entendo. Mas eu recuperei a minha bolsa. Esse tanto eu compreendo. O dinheiro não faz diferença nenhuma: posso sacar mais num caixa eletrônico. Talvez o mesmo aconteça ao livro das estações. Minhas estações deixaram de existir, mas será que preciso de estações?

Será que as coisas que desaparecem são aquelas de que não preciso? Penso nas minhas chaves desaparecidas. Talvez eu esteja preocupada. Mas não posso fazer nada. Talvez isso signifique que eu não devo voltar. Não sei. Mas sei que é outono, e na verdade novembro. Não é setembro, e não é outubro. É novembro. Dezoito de novembro. Um dia ameno em Düsseldorf, no qual o time local e o time visitante bebem cerveja juntos, no qual o time visitante está perdendo a partida, e no qual o time local anda de bicicleta cometendo furtos. Talvez eu deva me aliar ao inimigo. Talvez eu deva simplesmente existir no mundo da maneira como ele é, e aceitar que nunca vai haver uma Oktoberfest, que já não existem mais datas festivas, Natal, Ano-
-Novo, que nunca mais vou ter inverno ou primavera, nada de Páscoa, nada de verão. Apenas novembro e novembro.

No mais, não tenho vontade de ir a festas. Nem de beber cerveja. Nem de estar em grupos nos quais as pessoas bebem, brindam e roubam as bolsas umas das outras.

#701
Mas eu não tenho nada contra novembro. Não depois de ter deixado a minha mentira das estações para trás. Não com esse novembro, ameno para a época do ano, com sol à tarde e uma brisa suave. Não há nada de errado com novembro, e não preciso viajar em busca das estações. Não tenho nenhuma vontade de viajar e nenhum desejo. Penso apenas que estou a caminho do meu segundo ano, ou melhor, de que ando em círculo ao redor de um tempo que não é bem um ano, porque sei muito bem: não tive estações, e não estou em busca de locações para um

filme. As estações não são cenários nem locações, e não é possível construir um ano inteiro a partir de fragmentos de novembro. Claro que não.

#709

Mesmo assim resta uma certa esperança. De que haja como sair do meu dia em novembro. De que construir estações possa ter me ajudado. De que eu possa ter chegado mais perto de um ano de verdade. De que eu possa sair do dezoito de novembro quando mais uma vez chegar ao fim do ano. De que minha vida nas estações possa me ajudar.

Não sei por que parece tão difícil pensar sem os anos, e não sei por que insisto em me apegar a essa esperança microscópica. Reconheço que a esperança às vezes surge. É uma visita rara, e nem sempre bem-vinda. Tentei construir uma máquina de estações. Tentei fazer o ano pegar no tranco. Por acaso não fiz tudo o que eu podia para ser reinserida no tempo?

#721

Já não mantenho a esperança por muito tempo. Não acho que eu possa fazer o ano pegar no tranco. Não acho que eu possa chegar a dias novos de novembro, que eu possa aumentar a velocidade e sair andando pela minha estrada de novembro, dezessete, dezoito, dezenove, vinte.

Acho que vou continuar acordando no dezoito de novembro. Num tempo sem estações. Um tempo sem meses nem semanas, sem datas comemorativas, férias ou feriados, sem calendário nem ano. É um problema crônico, e não há nada a fazer. Ando pelas ruas, estou em novembro, perdi as minhas estações. Adeus, estações. Bom dia, novembro.

#733

E agora o ano passou. Um ano de estações, penso eu, mas não foram estações. Foram as mercadorias de um naufrágio, retiradas das águas de novembro. Não posso fazer um ano pegar no tranco, por mais que eu viaje conforme as curvas e os cálculos da meteorologista, e não posso construir um ano a partir de fragmentos de novembro. Não é possível uma coisa dessas. Tento não pensar em termos de anos. Não é fácil, mas agora vou pensar em termos de dias. Dias suaves de novembro, que se repetem inúmeras vezes. E a manhã chega, e a tarde chega, e a noite chega, e depois a manhã chega outra vez. A manhã do mesmo dia.

Dois anos no dezoito de novembro. Setecentos e trinta e três dias, amanhã 734, depois de amanhã, 735. Por quanto tempo? Até o dia que eu morrer? Mas não estou morta. É novembro. Estou em Düsseldorf. Por que estou aqui?

#738

Estou aqui porque uma área de alta pressão se instalou na zona leste da cidade. Foi o clima que me trouxe até aqui. Estou aqui porque aqui não chove. Porque aqui não neva. É um dia de novembro, mas não parece outono. É simplesmente um dia. Quente o bastante para que eu não anseie pelo verão. Sem chuva e sem o rigor do inverno. Um vento morno sopra pelas ruas, e às três horas o sol aparece, mas não é um sol de inverno, não são os raios fracos da primavera nem o sol escaldante do verão, é apenas sol.

Descobri um lugar que não me faz pensar na chuva em Clairon-sous-Bois, nem em Thomas sem guarda-chuva. Um lugar que não me leva a ansiar por invernos no pátio do velho Selter, com geada e uma fina camada de neve. Que não me leva a entrar nas lojas em busca de sinais da primavera. Encontrei um lugar que não me leva a pensar em Thomas quando faz a escada ranger no verão ao subi-la. Ou ao descê-la.

Me hospedo num quarto de hotel em um dia sem estações. A tarde é morna, e aqui e acolá vejo folhas amarelas nas árvores quando sento num banco de parque e olho para as copas. É um dia que não revela nada sobre verões desaparecidos e invernos vindouros. Meu dia de novembro é quente, eterno e dourado. O que vou fazer com estações, quando estou parada numa eternidade morna e dourada? Uma repetição amistosa. Será que eu poderia exigir mais?

#741

Encontrei um apartamento vago na Wiesenweg. Em outra época o apartamento foi usado como escritório de arquitetura, mas os arquitetos se mudaram e o escritório foi convertido em apartamento. Os vidros que dão para a rua são jateados, e não é possível ver o interior. O anúncio, que estava colado com fita adesiva numa janela com a cortina fechada, dizia que o apartamento não era mobiliado, porém o morador anterior havia deixado uma cama, e na cozinha havia uma mesa e duas cadeiras. Não preciso de muito mais. Uma única cadeira já seria o bastante, mas eu não disse nada para a senhoria.

Passei em frente à janela duas ou três vezes antes de me ocorrer que era aqui que eu ia morar, não em um quarto repleto dos barulhos de outra pessoa, não em uma casa cinzenta com um leve cheiro de mofo, não em hotéis e casas das estações passageiras.

Quando mais uma vez arranjei um telefone, liguei para o número que constava embaixo do anúncio na janela. Descobri que a proprietária morava no andar de cima, e num golpe de sorte eu a convenci a me mostrar o apartamento na mesma hora. Ela começou dizendo que estava ocupada, que estava saindo naquele instante, mas podíamos nos encontrar durante a tarde, ou então na manhã seguinte. Insisti e disse que eu estava perto. Eu não tomaria muito tempo dela, mas precisava de um apartamento o quanto antes. Eu poderia arranjar o dinheiro do depósito em cinco minutos, e poderia ocupar o apartamento de imediato. Os cinco minutos eu acrescentei porque seria estranho andar com dinheiro na bolsa para o aluguel de um apartamento encontrado por acaso. Após uma breve pausa a proprietária cedeu, e cinco minutos depois toquei no porteiro do apartamento do quinto andar.

Logo ouvi o eco de pessoas nas escadas, e no instante seguinte a porta foi aberta pela proprietária, uma mulher mais velha de cabelos grisalhos que pareciam combinar melhor com a voz que eu tinha ouvido no telefone do que com os passos caóticos no corredor, que soavam como uma mulher jovem e ocupada, que tinha mais o que fazer do que alugar apartamentos a transeuntes aleatórios.

Minha nova senhoria se mostrou amistosa, um pouco confusa, sem dúvida por causa da minha pressa, mas assim mesmo ela me mostrou o apartamento enquanto eu me apresentava e dizia que tinha vindo de Bruxelas a Düsseldorf para uma entrevista de emprego e que eu tinha conseguido a vaga para início imediato. Eu queria convencê-la o quanto antes, e de preferência pagar o depósito e o primeiro mês de aluguel já naquela ocasião.

Por fim ela concordou em fazer tudo na hora. Subimos ao quinto andar, onde paguei o depósito em dinheiro. Mostrei o meu passaporte e ela imprimiu um contrato, que prontamente assinei. Vinte minutos depois da minha chegada por lá eu estava com as chaves da minha nova casa. Acompanhei minha senhoria quando ela desceu a escada e abri a porta do meu apartamento. A senhoria abriu um sorriso amistoso, se despediu com um aceno e saiu às pressas em direção ao carro, que ela tinha precisado estacionar a duas ruas de distância na tarde anterior por não ter encontrado vagas, e naquele momento não sabia ao certo onde o havia deixado.

Acho que eu já tinha começado a me sentir em casa antes mesmo que ela encontrasse o carro. Me acostumei a essas operações-relâmpago. Me acostumei a pensar que nada pode esperar até amanhã, que tudo precisa acontecer agora, e que os meus poucos encontros com outras pessoas devem sempre as convencer de que as coisas precisam acontecer de imediato, de que não posso esperar o dia seguinte, de que tudo precisa ser resolvido aqui e agora, mas não costumo dizer essas coisas.

Quando me despedi da senhoria, deixei minha bolsa no apartamento novo, olhei ao redor e abri a porta que dava para o pátio, onde havia uma nespereira carregada de frutos. Estavam todos lá, com a coloração laranja e marrom. São cores do outono, mas eu não penso nisso: penso apenas que aquilo é uma nespereira.

#754

Não sei como posso me acostumar a uma situação como esta, mas é o que está acontecendo. Talvez seja possível aceitar muita coisa quando estamos livres da maioria das preocupações da vida. Quando não estamos em perigo. Quando a existência transcorre sem drama, sem pobreza e sem doenças ou catástrofes naturais. Tenho certeza de que não há nada a temer, nada daquilo que aprendemos a temer: as catástrofes e acidentes da vida, perdas, traições e crimes.

Minhas catástrofes são pequenas e meus acidentes são passageiros: uma queimadura menor, um tornozelo torcido e um acidente de carro evitado por um sistema de freios. O maior crime que vivenciei foi o roubo da minha bolsa, cometido por um torcedor numa bicicleta sacolejante. Minha única perda, além do movimento do tempo, foi um maço de euros, um bloco de notas encadernado em lona verde-oliva e duas chaves. Tenho tudo o que eu preciso. Não passo fome. Posso comprar o que eu quiser. Posso voltar para Thomas e me adaptar aos padrões dele. Ele ainda está vivo. Tenho certeza de que está lá, na casa dele em Clairon. Nos padrões dele. Não sofri com perdas, não fui traída, rejeitada nem abandonada. Não aconteceu nada que eu deva temer. Nada terrível.

#761
À tarde, quando o sol aparece, posso pôr minha cadeira no pátio e sentar ao sol. Não há muito que me lembre da minha vida em Clairon-sous-Bois, e não há muito que me lembre das minhas tentativas de construir estações. Não vou dar cada passo meu pensando numa pessoa que está numa casa, e não vou executar movimentos em nenhum ritmo que não seja o meu. A única coisa que vou fazer é manter-me invisível quando a minha senhoria sair ou voltar, porque já faz tempo que ela se esqueceu de que estou aqui. Ela sai pela primeira vez ainda pela manhã e volta três horas depois. Na segunda vez ela sai de tarde, quando estou sentada no pátio, mas retorna ao apartamento do quinto andar já um pouco depois das cinco horas. O marido dela sai de manhã cedo e volta pouco antes das seis. Quando os dois estão em casa, posso acender as luzes se quiser, porque do apartamento no quinto andar eles não veem as minhas janelas. Os outros apartamentos no corredor estão todos alugados, mas os inquilinos passam a maior parte do dia fora, e praticamente não os ouço. De vez em quando ouço passos na escada, mas via de regra não ouço nada além dos carros e dos *trams* que passam na rua. Acho que os sons da rua se acalmam durante a partida de futebol, porque ouço um leve farfalhar nas folhas da nespereira que não ouço durante a manhã, mas também pode ser que o vento sopre com um pouco mais de força. À noite os sons tornam-se mais claros, não porque o vento aumenta, mas porque os sons da rua diminuem. Os *trams* param, os carros são pouco numerosos e o barulho da árvore já não é mais um farfalhar, mas um sussurro de folhas amarelas e quase secas. Se saio ao pátio à noite, os sons ganham mais nuances: abre-se

um verdadeiro caos de sons. Folhas contra galhos, folhas contra folhas, uma nêspera que cai no chão. A fruta cai com um som abafado e rola em silêncio no pátio, até por fim parar. É como se o mundo dissesse *danke* quando a árvore perde o fruto.

#763

Nos últimos tempos descobri sinais do Natal nas lojas. Claro que estavam lá o tempo inteiro, mas eu estava à procura de janeiro e fevereiro e março, à procura da Páscoa e da primavera e do verão e de agosto e setembro, e todos os pequenos sinais do Natal haviam passado despercebidos, mas agora o Natal começa a surgir. Penso em Thomas, nos meus pais, na minha irmã. Penso em presentes, mas não vou comprar presentes, e não há tempo para *bûche de Noël* ou para *Christmas pudding*. Não há tempo para peru ou para batatas assadas. Não há tempo para cantar duetos com o choro suave da geladeira. Não há meses e estações e datas festivas. Há apenas novembro, e desejo novembro, e mesmo que eu tenha desejado um ano em que o tempo passasse, não encontrei o caminho, porque perdi o meu manual. Obrigada, ladrão da bicicleta.

#775

Claro que não houve Natal, e tampouco vai haver Ano-Novo, e mesmo que eu tenha contado os meus dias, não compro champanhe, e não procuro neve que possa cair nas minhas ruas. Minha manhã de Ano-Novo com luz branca e vista para telhados cobertos de neve parece infinitamente distante. Meu ano parece uma viagem que há tempos deixei para trás.

Resta apenas um dia neutro e amistoso de novembro, porque o meu tempo não é um círculo, não é uma linha, não é uma roda e não é um rio. É um espaço, um cômodo, uma piscina, uma banheira, um recipiente. É um pátio com uma nespereira e sol de outono. Café e sol num dia em novembro. *Danke.*

#793

Quando estou sentada no pátio, noto que o tempo é um recipiente. Assim são as coisas. O tempo é um dia no qual posso entrar. Repetidas vezes. Não é um rio no qual eu posso me banhar uma única vez. O tempo não passa, mas permanece em repouso, como a água de uma banheira. Todos os dias eu mergulho o corpo no dezoito de novembro. Movimento-me, porém não há nada acontecendo mais além. O tempo é um espaço. Um cômodo. O tempo é o meu pátio com luz do sol, com som de carros, com *trams* ao longe. Meu dia é um recipiente com vento morno e luz do sol todos os dias por volta das três horas. A noite é um recipiente com uma nespereira que farfalha ao vento, e a noite diz *danke* quando o fruto cai.

#844

Encontrei um ritmo. Minhas manhãs começam no Café Möller. Desço uns metros pela Wiesenweg, viro à direita e o café fica logo na esquina. Minhas manhãs se parecem umas com as outras. Subo os dois ou três degraus da escada e abro a porta. Ouço o som de uma sineta. Entro e pego uma mesa, sempre a mesma, uma mesa na janela com vista para a rua. Chego entre 8h39 e 9h12, porque se chego antes ou depois a mesa está ocupada. Nesse caso pego uma mesa nos fundos, mas costumo estar aqui em boa hora. Peço um chá, e os chás ficam guardados em grandes potes de metal atrás do balcão. Vejo oito desses grandes potes, alterno entre os sabores e torço para não beber todo o estoque. Às vezes peço um pão com queijo, ou um iogurte com frutas. Na maioria das vezes não como nada, simplesmente sento e bebo meu chá ao lado da janela.

Minhas tardes são tão parecidas umas com as outras quanto as manhãs. Por volta das três horas ponho uma cadeira no pátio. Preparo uma xícara de café, pego um livro e sento ao sol. Está quente o bastante para que eu passe uma ou duas horas por lá.

São apenas as minhas manhãs que me inquietam. Fico preocupada, entro em ponto morto. Penso nos sons da casa em Clairon-sous-Bois. Ando no parque a duas quadras daqui, faço compras ou entro numa biblioteca próxima, mas não consigo encontrar paz enquanto o sol da tarde não aparece e eu levo a minha cadeira para o pátio.

Minhas tardes são curtas. Preparo comida ou atravesso a rua para comer num restaurante grego onde sento no canto e onde há pessoas que não fazem nada além de serem as mesmas pessoas dia após dia. Me acostumei a elas: um homem mais velho, que ao fim de uma breve espera recebe a companhia de uma mulher, sem dúvida a esposa, um grupo de adultos com um menino de blusa branca que tenta falar como um adulto e dois homens mais ou menos da minha idade que trocam olhares apaixonados.

Às vezes entro na loja de produtos usados, onde descubro novidades que passo a levar na minha bolsa. À noite ponho a bolsa no pé da cama, e via de regra preciso de algumas noites até que as coisas sejam realmente minhas e eu possa deixá-las na cozinha: facas e garfos, um descascador, um moedor de café que precisei comprar três vezes antes que parasse no lugar. Arranjei uma poltrona, que pus na sala vazia e na qual dormi por duas noites em sequência, mas não preciso de muita coisa, e logo vou ter tudo aquilo que preciso.

Com frequência vou à cidade pouco antes que as lojas fechem. Encontro lojas e delicatéssens com produtos que precisam ser vendidos antes do fechamento, padarias com pães que não podem ser vendidos amanhã. Se é mesmo um recipiente, então o tempo pode ser esvaziado, e se eu não tomar cuidado logo vou deixar marcas na cidade: coisas que acabam, prateleiras vazias, um monstro solto, uma aberração à caça, o rastro de sangue deixado por um predador.

Não quero ser um monstro. Tento manter o equilíbrio, surjo no mundo com todo o cuidado, tento deixar o menor rastro possível. Tento atravessar os dias com passos não muito pesados. Um caminhar leve. Um monstro que brinca de ser borboleta.

Mas sei que as minhas manhãs aqui no Café Möller vão deixar marcas com o passar do tempo, e também que as minhas visitas ao restaurante da Wiesenweg mais cedo ou mais tarde vão chegar ao fim. Mesmo assim eu volto, porque aqui me sinto em casa. Escolho outra bebida, escolho outros pratos do menu, tento variar na esperança de que a cozinha esteja bem abastecida. Observo as pessoas na rua do outro lado da janela, observo os clientes da tarde e penso no que eu faria se aquele fosse o meu filho de camisa branca, se fosse eu que estivesse apaixonada, se fosse eu que tivesse encontrado o meu marido grisalho, e penso que estou entre amigos. Ou ao menos quase amigos, mesmo que a sensação de pertencimento que tive no meio dos torcedores de futebol tenha desaparecido.

#862

Tento esconder, mas sei muito bem. Sou um monstro e devoro o mundo. Não há motivo para desculpas. Posso comer restos, passar dias em jejum, posso ir de lugar em lugar na tentativa de deixar o menor rastro possível, posso dividir as minhas compras, posso escolher os potes de chá mais cheios no Café Möller, mas essas são apenas tentativas de ocultar a realidade, de tornar o monstro menor. Eu sei. A certa altura tudo vai chegar ao fim. Potes acabados, panelas vazias. Não há como esconder. Sou um monstrinho numa jaula de ouro. Uma jaula com as cores de outono do parque, com as folhas douradas da nespereira, o brilho dourado dos frutos, compro laranjas antes que as frutas comecem a mofar, estou nas lojas pouco antes do fechamento, e lá está o dezoito de novembro nas embalagens de frios ou de carnes marinadas, é a data o que procuro, eu como o que encontro pela frente, tudo aquilo que logo vai se transformar em rejeito, e vou para casa com as minhas compras, e então chega a noite, e depois a manhã, o mesmo dia dourado.

#877

Será que ajuda responder quando ouço a noite dizer *danke*? Quando a minha janela está aberta para o pátio e ouço uma nêspera cair? Penso que dei sorte, porque podia ter havido catástrofes e tragédias, doenças e necessidade. Fico deitada na escuridão da manhã e penso *danke*, e se não consigo mais dormir eu levanto da cama.

Sei muito bem. Levanto na minha jaula dourada, e do lado de fora está um mundo inteiro repleto de apreensão, um quadrado preto. Sei porque o meu mundo é dourado, e eu abro o portão e saio voando. Não, não voo a nenhum lugar: estou presa, levo a minha jaula dourada comigo, porém não sou cega. Posso muito bem ver que há outro mundo ao meu redor, e que o meu dia parado é apenas um infortúnio pequeno que se abateu sobre um monstro numa jaula dourada.

Faz diferença se espalho ouro ao meu redor? Tem um homem sentado em frente ao supermercado, dou uma moeda ou uma cédula para ele. Depois entro numa loja e compro comida para uma família sentada na praça em frente à estação. Há biscoitos e sanduíches na sacola, e no dia seguinte estão todos lá mais uma vez com o cartaz pedindo ajuda. Hoje foi uma cédula que eles ganharam, e amanhã estão todos de volta, então pego sanduíches para todos na estação, volto para casa e sento ao sol outra vez, e acordo outra vez, um monstro num mundo laranja e dourado.

Uma mulher ao lado de um andaime está desorientada. Não sabe onde se encontra, o sol bate no rosto dela e ela não consegue seguir adiante. Os cabelos são brancos e reluzem ao sol, e ela se apoia num dos canos de metal do andaime. Estendo-lhe o braço e a ajudo a sair de lá. Encontro um lugar para ela no café mais próximo, ajudo-a a sentar, peço um copo de suco e logo depois ela começa a falar sobre a casa geriátrica de onde acaba de sair. Eu a ajudo a voltar para casa, e no dia seguinte ela está lá outra vez. Eu a sigo. Ela olha confusa ao redor e começa a caminhar, eu a acompanho, ela vai em direção à casa geriátrica, na direção certa, e eu mantenho-me longe, ela está quase em casa, e então paro e a deixo continuar sozinha. Vejo quando ela se torna cada vez menor, ela pode encontrar o caminho por conta própria, não precisa de mim, talvez já esteja seguindo à frente, deixando o dezoito rumo ao dezenove. Talvez seja eu que esteja perdida além da salvação, talvez todos já estejam a caminho do futuro, do dezenove, do vinte, talvez já tenham seguido adiante e me deixado nas sombras do passado, e talvez eu seja a única a estar aqui e ver aquela mulher tornar-se cada vez menor, o homem em frente ao supermercado, a pequena família em frente à estação, minha senhoria ocupada, a multidão de torcedores de futebol, pode ser que todos já tenham seguido adiante, enquanto eu fico aqui em meio aos fantasmas, a essa câmara de repetições, aos resquícios de um dia há muito passado, e enquanto ando eu penso que ainda posso fazer coisas: minha jaula é dourada, e posso estender a mão.

Penso em Thomas na casa, no canteiro de alhos-porós, com uma fileira que nunca diminui de tamanho. Talvez ele tenha seguido adiante sem mim, dia após dia, por 877 dias. Meus pais estão na casa deles, com o marmeleiro no jardim. Com os marmelos que há tempos foram juntados e o marmeleiro, que no meio-tempo cresceu: atravessou o inverno e a primavera com flores vermelhas e frutos amarelos, e agora enfrenta mais um inverno.

Será que todos me deixaram para trás? Não sei, mas não tenho a impressão de viver uma vida entre as sombras. Deixo esse pensamento de lado. Foi apenas o tempo que parou. Estou no pátio, sentada ao sol. Logo o sol vai para trás do campanário, a luz vai desaparecer, a temperatura vai cair e eu vou me recolher.

#889

Anteontem, numa das minhas manhãs irrequietas, passei horas limpando os meus bolsos e a minha bolsa. Meus dias tornaram-se pequenos. Meus círculos são limitados, meus afazeres, microscópicos.

Na bolsa encontrei cupons fiscais e coisas para cuidar da casa, que estou transformando em uma coisa minha. Virou um hábito guardar coisas na bolsa, e a bolsa está o tempo inteiro comigo. À noite ela fica no pé da cama, apoiada contra a parede, e de vez em quando eu a limpo e descubro o que tenho comigo. Não é tudo que fica comigo: certas coisas somem no meio do caminho. Compras aleatórias que de repente desaparecem. Se são coisas de que preciso, com frequência torno a comprá-las, mas há coisas que simplesmente voltam ao lugar de onde vieram. É um mundo solto, e eu me acostumei a ele.

Juntei recibos e cupons fiscais e os empilhei em cima da mesa da cozinha antes de jogar tudo no lixo. Encontrei meias e roupas de baixo que estavam no fundo da bolsa, e que eu levei para o quarto e dispus numa pequena pilha em cima da cama. Uma faca de legumes e uma tesoura eu guardei com um infusor de chá que estava num bolso lateral. Os dois pacotinhos de açúcar que peguei num café eu pus em uma xícara lascada na mesa da cozinha.

Examinei os bolsos do meu casaco e encontrei uma esferográfica e o sestércio romano, que devo ter guardado no bolso ao recuperar minha bolsa, mas que eu tinha praticamente esquecido.

O sestércio eu também pus na xícara da cozinha, com os dois pacotinhos de açúcar, e lá ele ficou enquanto eu limpava as últimas coisas e me preparava para um rápido passeio na rua.

Quando mais tarde voltei à cozinha, eu tinha esquecido a moeda, e ao vê-la tive a impressão de que estava fora de lugar dentro de uma xícara lascada com dois pacotinhos de açúcar que eu havia levado comigo só para que não fossem jogados no lixo.

Tirei a moeda da xícara e a girei entre os dedos. Olhei para o retrato de Antonino Pio e deixei um dedo correr sobre o relevo do metal. Virei a moeda e observei Anona, que estava lá com o moio e as espigas de grão. Passei o dedo pelas bordas irregulares, senti o peso da moeda na mão, deixei-a cair no chão da cozinha e tornei a pegá-la: um pequeno fragmento do passado, um resquício da minha limpeza que já não tinha mais lugar no meu mundo.

Olhei ao redor na cozinha, mas não consegui encontrar nenhum lugar onde deixar a moeda. Larguei-a de volta na xícara e a empurrei um pouco mais em direção à pia, porque eu sentia um impulso de me afastar daquilo, tirar aquilo do meu caminho. A moeda havia passado a ser uma coisa indiferente, pensei. Aquilo tinha sido parte da minha existência desde o primeiro dezoito de novembro, tinha estado no balcão da loja de Philip Maurel, tinha sido o meu presente para Thomas, um presente de amor, um objeto que nunca entrou para a coleção dele, e mesmo que tivesse desaparecido, a ideia daquilo tinha me acompanhado por todo o tempo que eu havia estado em Clairon, como uma incerteza, uma pergunta sem resposta no mistério do defeito no tempo. Quando a reencontrei com Philip e Marie, a moeda se transformou num presente de adeus, um item cenográfico de nosso afastamento, uma rejeição súbita, a cessação de uma amizade. Mas agora já não significava mais nada. Era simplesmente uma moeda romana qualquer, esquecida num bolso e reencontrada mais tarde, um objeto que eu havia trazido comigo e que naquele momento se encontrava em uma xícara na mesa da cozinha, sem lugar, praticamente um estorvo.

Mesmo assim era óbvio que aquela não era uma moeda qualquer. Tratava-se de um objeto histórico, um emblema do passado, um bastão passado através dos séculos, uma testemunha metálica de tempos passados, sei lá eu. Mas não era nada além disso. Um objeto interessante, talvez, cheio de relevos e símbolos, mas nem por isso repleto de significado. Não mais. Um objeto para comerciantes de moedas e pessoas com gosto por antiguidades.

Porém mesmo assim não era uma moeda que devesse ficar numa xícara ao lado da pia, pensei, quando mais tarde voltei a tirar o sestércio da xícara e guardei-o num compartimento vazio da minha carteira. Empurrei a xícara com os pacotinhos de açúcar mais uma vez em direção à pia antes de pôr a carteira na bolsa, calcei um par de botas de cano curto e peguei a bolsa no chão da cozinha.

Mas naquele momento foi a ideia de sair com o sestércio na bolsa que me incomodou. Aquilo não devia estar com outras moedas na minha carteira, então a tirei mais uma vez e a deixei em cima da mesa da cozinha, onde o sestércio ficou e sofreu uma estranha metamorfose que eu não saberia explicar ao certo. Seria difícil explicar a natureza dessa metamorfose, porque com certeza não foi o sestércio que se transformou em cima da mesa — mas foi essa a impressão que tive.

Hesitei. Voltei ao quarto, mexi nas pilhas de roupa que eu havia deixado em cima da cama e larguei uma delas numa prateleira que eu havia instalado no quarto, mas quando pouco depois voltei à cozinha notei que minha atenção estava cada vez mais focada na moeda em cima da mesa. Uma moeda que queria alguma coisa de mim, pensei, mesmo que moedas não fiquem em cima de mesas desejando coisas das pessoas.

Achei tudo isso meio ridículo, mas assim que o ridículo se instalou eu pude notar outra coisa. Não apenas que o sestércio havia ganhado um significado. Ele de fato o tinha. Mas ao mesmo tempo notei o vazio que surgiu, uma perda, uma avalanche, um deslocamento. Foi como se um espaço se abrisse em silêncio, um espaço não muito grande, pelo menos não era o que parecia, mas assim mesmo eu não poderia tornar a fechá-lo. Não adiantava querer voltar a atenção para outra coisa. O sestércio tinha criado uma sensação de dúvida, uma falta, uma incerteza, não sei: sei apenas que eu me sentia sozinha e incompleta, como se o sestércio se enchesse cada vez mais de sentido à minha frente, enquanto o meu vazio interno crescia. Quase como se uma parte de mim tivesse estranhamente adentrado a moeda, um velho pedaço de metal, e deixado para trás um espaço vazio.

Eu tinha o dia inteiro para mim. Sem nenhum plano. Havia tempo para refletir sobre o sestércio, sobre a transformação que havia sofrido, sobre a minha necessidade de atribuir-lhe sentido e sobre o estranho sentimento de um vazio que havia se aberto. Havia tempo para parar tudo e perceber a idiotice das minhas especulações, e também para sentar e ficar cogitando sobre as minhas tentativas de atribuir sentido àquela indiferença metálica, a minha projeção de um não sei o quê sobre um pedaço de metal.

E foi o que fiz. Sentei. Fiquei pensando. Inventei explicações. Me admirei com aquele estranho mecanismo. O momento em que as coisas adquirem sentido. Não que seja estranho. Ou melhor, claro que é estranho, sem dúvida é uma das características mais esquisitas das pessoas quando você para e pensa a respeito, mas é uma dessas estranhezas que aceitamos sem questionamentos, uma necessidade de atribuir significado a objetos simples: alianças e joias, moedas da sorte e amuletos, pedras mágicas, relíquias e objetos sagrados.

Sentei e fiquei pensando sobre aquilo que projetamos nas coisas. O que acontece nessas horas? A moeda da sorte é encontrada numa rua, a aliança é colocada no dedo, o relicário é tirado do lugar. Nós enchemos esses objetos de sentido, banhamos esses objetos em metais preciosos que buscamos num recanto ou outro dos pensamentos, e logo as coisas estão lá. Repletas de sentido. E nós estamos aqui, iluminados por esse sentido.

Mas também havia outra coisa, pensei quando mais uma vez me aproximei da moeda e me admirei com o vazio estranho e vibrante que havia surgido. A moeda em cima da mesa não era de ouro, tampouco nobre. Era um objeto irregular e escurecido que eu não conseguia sequer compreender. Mas estava claro que uma coisa fora posta em movimento enquanto eu estava na cozinha: a moeda havia dado a partida num motor, havia começado um processo, e eu seria obrigada a levá-lo adiante. Não era apenas uma moeda que de repente havia ganhado sentido, e não era apenas curiosidade ou um interesse repentino que me havia levado a voltar por diversas vezes enquanto eu andava pelo apartamento, pronta para sair, mas incapaz de tirar meus pensamentos daquele pequeno pedaço de metal em cima da mesa. Havia mais alguma coisa, ou pelo menos era o que me parecia.

Quando enfim saí do apartamento, deixando o sestércio em cima da mesa da cozinha, já era de tarde. Eu estava inquieta. Desci a Wiesenweg e fiz uma curva em direção ao rio, caminhei ao longo da margem pensando sobre romanos e moedas romanas, e também no Reno, que tinha sido a fronteira do Império Romano com o norte, e de repente senti como se eu os conhecesse, os romanos. Como se me fizessem companhia há tempos. Não sei se fui eu que os segui, ou se foi o contrário, mas senti como se aquela fosse uma relação antiga, como se a moeda na mesa da minha cozinha de repente houvesse evocado memórias antigas.

Fragmentos de conhecimento surgiam enquanto eu caminhava. Os livros que eu tinha lido, um trabalho de escola feito na minha adolescência, dois ou três comentários feitos por Philip Maurel sobre as moedas nos expositores. Me lembrei dos esboços de construções romanas num livro que eu havia comprado para a T. & T. Selter, e logo comecei a pensar sobre todo um conjunto de informações que eu tinha reunido ao longo dos anos: vislumbres do passado da Europa, ruínas vistas nas minhas viagens. Eu me lembrava de museus visitados nos meus dias de outono, enquanto eu andava de um lado para o outro. Eu tinha visto mosaicos e colunas, esculturas e ferramentas, vasos do dia a dia e lamparinas noturnas, restos de roupas e enfeites, bacias e utensílios de vidro colorido, e eu tinha observado tudo aquilo com uma apatia curiosa, que no fim havia desaparecido para dar lugar a um vazio estranho e vibrante, a uma sede de saber que me levava ao longo do rio enquanto eu tentava descobrir por que aquilo tinha começado a me interessar. A história. A história da moeda. A história dos romanos.

Notei um sentimento de incômodo, quase como uma dor de dente ou uma leve tontura, sentei num muro de pedra e fiquei olhando para o rio. Eu estava admirada. Percebi que a história nunca tinha despertado o meu interesse. Se antes tivessem me perguntado se eu me interessava por história, com certeza eu responderia que sim. O que eu teria dito com essa resposta era que um ou outro tipo de interesse histórico era um pré-requisito para trabalhar com livros antigos, e que não seria possível não ter nenhum tipo de interesse pelos romanos com um amigo como Philip Maurel. Mas não seria uma resposta verdadeira. O meu interesse pelos objetos do passado sempre tinha sido outra coisa.

Pensei na moeda que eu havia deixado na mesa da cozinha, e que agora está aqui ao meu lado, e pensei nos livros que eu tinha abandonado no Hôtel du Lison quando me deixei levar pela corrente de pessoas que andavam pelas ruas. Pensei nos muitos leilões de livros, nas minhas andanças por entre as estantes dos sebos e nas moedas expostas nas vitrines cronológicas de Philip, e ficou claro para mim que o que tinha me atraído jamais fora a história daqueles objetos. Tinham sido os objetos em si. A sensação do papel, as marcas de impressão na superfície, a tipografia na página de rosto, o equilíbrio entre vermelho e preto. Uma irregularidade na ordem dos caracteres, uma letra dos tipos móveis desgastada ao longo dos anos. A saturação das cores, a intensidade da impressão. As linhas das ilustrações, um detalhe na gravura, o contraste entre um campo de cores e o papel nu. Os cheiros e os sons. As diferenças: os sons lentos ao virar páginas de papel bem-estruturado, o farfalhar do papel delicado, o corte dourado e a breve resistência oferecida pela douradura, o pequeno giro na mão quando o polegar escorrega pelo canto do miolo. A sensação causada pela encadernação, um canto gasto, um corte preciso. Minha relação com os livros sempre tinha sido baseada no olhar e no tato, e era isso o que me havia levado a parar em frente aos armários na loja de Philip e pegar as moedas na mão. O metal, a sensação de peso. O trabalho de entalhadura e as bordas irregulares. As efígies de imperadores e imperatrizes, deuses e deusas. Os pequenos objetos no reverso: espigas de grão e faróis, balanças e corujas, punhais e espadas.

Não era a história das coisas: era tudo aquilo que havia se perdido na história que me atraía. As coisas da história. No meu mundo a história não era outra coisa senão o tempo que as havia produzido. Talvez uma linha do tempo que tornasse possível ordenar as coisas numa sequência coerente, porém não mais do que isso. Eu nunca tinha sido movida por um desejo de conhecer os contextos históricos, nunca tinha desejado encontrar explicações para as estranhezas de diferentes épocas ou informações sobre o dia a dia das pessoas; eu não me interessava por guerras nem disputas de poder ou circunstâncias políticas, e não me ocupava com o espírito do tempo ou com a situação econômica.

A T. & T. Selter jamais se interessou por história, penso agora, mas não é verdade. Ou melhor, é apenas uma meia verdade, porque Thomas se interessa por história. Thomas lê

Jocelyn Miron, ele lê sobre *rises and falls*. Ele quer entender. Quer explicações e contextos e compreensão histórica.

Mas eu nunca me interessei por história, e quando penso na sede de história que eu e Philip rondamos com uma leve ironia, sentados junto ao balcão da loja dele, penso que sempre achei tudo aquilo meio estranho. Mas aquilo também atingia outras pessoas. Nossos clientes. Colecionadores. Pessoas com uma necessidade de passado. Com um anseio por épocas desaparecidas, uma espécie de nostalgia, um desejo de estabelecer relações plenas de sentido com situações e pessoas que há muito tempo não existiam.

E agora eu mesma fui atingida. Uma moeda sem rumo e de repente quero saber mais. Sobre Anona e Antonino. Sobre os romanos e os limites do império. Sobre deuses e imperadores, moedas e o comércio de grãos.

Um navio passou por mim enquanto eu olhava para o mar. O sol tinha aparecido, e eu levantei e tomei o caminho da cidade. Eu estava inquieta, porém minha inquietude recusou-se a ir embora. Comprei um pão numa padaria onde eu nunca tinha estado. Entrei numa livraria. No início andei meio perdida pela loja, mas logo vi um livro com um desenho em preto e branco na capa — um mapa do Império Romano. Eu já tinha visto aquele mapa antes, com certeza num livro ou num museu, e por fim comprei o livro e o guardei na minha bolsa. Noutra livraria encontrei outros dois livros, e passei em frente a um supermercado onde comprei uma salada embalada num recipiente plástico com uma grande etiqueta amarela, que indicava a data de vencimento no próprio dia da compra.

Pouco depois voltei à Wiesenweg, onde o sestércio me aguardava tranquilamente ao lado da xícara lascada. Tirei os meus livros da bolsa e sentei junto à pequena mesa da cozinha.

Talvez fosse simples: eu estava presa no tempo, e lá estava o sestércio. Uma vez aquilo tinha sido metal, que depois foi fundido, transformado numa coisa fluida e informe, e então fixado no instante em que teve cunhadas a efígie de Antonino Pio e a imagem de Anona com um moio e espigas de grão e tudo mais. Parado. Capturado no tempo. *Plim!* Mais uma flor de cunha. Um momento congelado no tempo.

Como os romanos. Uma longa viagem, mas depois não foi possível ir adiante. Os romanos chegaram à fronteira, movimentaram-se para a frente e para trás, pararam e construíram um muro, e assim o império parou de se expandir. O caminhar deu vez a um cambalear. Parado. Capturado no tempo. *Plim!*

E lá estava eu, no dezoito de novembro, incapaz de seguir adiante. *Plim!* Parada. Mesma história. Seria mesmo estranho que a moeda tivesse despertado o meu interesse? Não muito. Seria mesmo estranho que as fronteiras do Império Romano tivessem despertado a minha curiosidade? Não muito. A moeda. O Império Romano. Tara. Parada. Capturada no tempo. *Plim!* Somos do mesmo tipo.

Ainda restava um pouco de sol no pátio, e sentei com a salada na minha jaula dourada, nas fronteiras do Império Romano, e agora estou aqui, sentada à mesa, que eu tirei da cozinha e trouxe para a sala, com a moeda ao meu lado. Apoiei os livros em cima da mesa com o meu sestércio, e noto a presença dele o tempo inteiro — esse impulso, essa sede, o que quer que seja, que se recusa a desaparecer. Notei quando sentei no pátio sob os últimos raios de sol, antes que o sol desaparecesse por trás do campanário, notei enquanto eu andava com os móveis pelo apartamento e também quando deitei para dormir após ter lido durante horas. Notei quando acordei ontem pela manhã e durante todo o dia de ontem, e noto agora, mais uma vez no final da tarde, depois de haver passado o dia às voltas com pequenas expedições aleatórias ao mundo romano: eu tenho uma tarefa, um rumo. Uma coisa foi posta em marcha, e não me resta opção a não ser acompanhá-la.

Assim que acordei ontem pela manhã eu fui à cidade. Pulei o café da manhã no Café Möller e antes do meio-dia saí da biblioteca com uma pilha de livros na minha bolsa. Levei-os a um café perto da biblioteca e comecei a ler, e em pouco tempo eu havia decidido comprar um computador. Até então a ideia tinha me parecido desnecessária. Eu tinha ido a bibliotecas e a saguões de hotel, e além disso tinha o meu celular, que naturalmente perdia a conexão com o mundo ao redor assim que eu parava de usá-lo, mas podia ser ativado se preciso. Mas de repente não pareceu mais suficiente. Eu precisava de uma conexão rápida, e pouco depois comprei um laptop que eu trouxe comigo para o apartamento, junto com os livros.

O passo seguinte era conseguir acesso à internet. Quando aluguei o apartamento, minha senhoria disse que o aluguel incluía acesso à internet, mas eu precisava de uma senha. Ela não tinha me dado a senha quando aluguei o apartamento, mas tampouco era necessário. Eu não precisava acessar rede nenhuma, porque eu não tinha ninguém a contatar e nada a pesquisar.

Mas naquele momento a senha me fez falta, e logo comecei a planejar uma forma de consegui-la. No início pensei em reencenar o meu encontro com a proprietária, que naturalmente teria se esquecido de que já tinha encontrado uma locatária e assim acreditaria que o apartamento estava vazio. Eu precisava fazer com que o apartamento parecesse desabitado, para então ligar mais uma vez para a proprietária, insistir mais uma vez, convencê-la mais uma vez e alugar o apartamento mais uma vez, com a única diferença de que dessa vez eu pegaria a senha da internet. Pensei que em vez disso eu podia bater na porta de um dos outros inquilinos no corredor, me apresentar como nova inquilina do térreo e pedir a senha, ou então arranjar uma rede móvel de um tipo ou de outro, porém logo me lembrei do envelope que eu havia encontrado no meu tapete na mesma tarde em que tinha alugado o apartamento. Eu havia guardado esse envelope na bolsa, e dias mais tarde, quando limpei a bolsa, deixei-o na cozinha. Eu havia registrado que o envelope continha a chave da caixa de correio no hall de entrada, mas, como eu não receberia correspondência nenhuma, o envelope simplesmente ficou em cima da mesa da cozinha, e mais tarde eu o guardei num armário. Peguei o envelope, que estava apoiado contra um copo de água no fundo do armário, e tudo ficou resolvido: minha senhoria atenciosa não tinha posto apenas a chave da caixa de correio lá dentro, mas também um papelzinho com a senha da internet. Digitei o código e no instante seguinte eu tinha acesso a tudo que quisesse.

#903

É uma busca estranha. Começa assim que abro os olhos: meu entusiasmo, meu ímpeto, minha estranha sede de saber. É isso o que me acompanha pelo dia, me tira do apartamento e me põe sentada junto à mesa da sala. Uma busca incansável. Meus livros estão abertos no chão do apartamento. Há papéis com notas avulsas e listas de coisas que estou pesquisando. Peguei os livros, mas ainda não tenho estantes. O chão vai servir de estante. Arranjei uma luminária que acendo ao notar que já escureceu. Sento na poltrona com um livro ou dois. Às vezes adormeço na poltrona, mas via de regra vou para a cama, e assim que amanhece sinto tudo outra vez: meu entusiasmo, minha busca incansável.

Mas isso pode ser pausado. Estou sentada no pátio, ao sol. Carregando as baterias. Faço uma pausa ao sol, mas agora já chega.

#927

Tudo começa com uma manhã em branco. Um despertar repentino. Ainda na cama, pego o computador, ligo-o e então a manhã começa. Todos os dias é a mesma coisa: digito a senha e tudo o que eu tinha encontrado sumiu, porém nada disso me desanima. Simplesmente é assim. Não posso salvar documentos ou pastas, e também não tenho histórico, porque à noite tudo desaparece. É assim que eu trabalho. Acordo pela manhã. Acendo a luz e começo o dia. Ando pelo mundo romano, descubro e guardo, transito por círculos variados. Sigo um rompante, uma dúvida, um espanto. Sou levada adiante, dou a volta com uma lanterna na mão e ilumino os cantos escuros, afasto uma cortina, sopro o pó de uma frase.

Mais para o fim da manhã, saio da cama e sento à mesa. Busco o necessário na cidade, sento ao sol da tarde e já ao anoitecer venho para a minha poltrona. Leio ou tento me lembrar daquilo que o dia me trouxe. Tarde da noite eu vou para a cama, e no dia seguinte começo tudo outra vez.

No início eu me sentia inquieta. No primeiro fim de tarde depois que comprei o computador eu o reempacotei com todo o cuidado e o deixei ao meu lado na cama. Acordei duas ou três vezes durante a noite e me assegurei de que tudo continuava lá, e pela manhã ainda estava lá: o computador, os cabos, os livros, tudo — a não ser pelas informações que eu tinha encontrado. Tudo havia desaparecido, exatamente conforme o esperado: buscas e documentos e artigos, tudo havia sumido, e além disso era preciso digitar a senha mais uma vez, embora isso não fosse uma surpresa ou mesmo um problema. Eu tinha um sentimento de liberdade quando tentava reencontrar um artigo já lido. Sei muito bem que o dezoito de novembro é um mundo solto, ao qual não posso me agarrar. Nele há telefones que param de funcionar, pen drives que se apagam, senhas que precisam ser digitadas todos os dias, buscas que somem ao longo da noite. Pela manhã tudo sumiu, e o dezoito de novembro desperta, mais uma vez recém-nascido e novinho em folha.

É assim que exploro o mundo romano. Não tenho rumo nenhum, estratégia nenhuma. Não preciso apagar os meus becos sem saída, porque todos se apagam sozinhos. Não consigo me agarrar a nada. Tenho a minha memória, anoto títulos e nomes ou ainda nomes de sites, e deixo que o esquecimento leve o restante.

É assim que os meus dias passam. Um após o outro. Acordo e passeio pela história. Noto que meu cérebro cresce. Cresce ao lembrar, e cresce com tudo o que eu descubro. Cresce ao esquecer, abandonar, deixar espaços vazios, e no dia seguinte procuro novos conhecimentos para ocupar esses espaços vazios.

Certas noites eu acordo e descubro que tenho a mão na superfície fria do laptop. Me sinto inquieta. É como se uma coisa tivesse desaparecido, e sei que o esquecimento se manifestou, que a memória eletrônica está sendo perdida. Sento na cama. Olho ao redor, porém o meu mundo continua lá. Escuto a noite, e se deixo a janela aberta para o pátio ouço a nespereira que balança ao vento e o *danke* dito por uma fruta que cai. Ouço o ruído longínquo dos carros, e se não adormeço escuto os primeiros *trams* que partem na escuridão matinal.

#956

Como se chama um vazio que dá início a um movimento? Como se chama um entusiasmo que não pode ser ignorado? Como se chama uma busca sem fim? Eu tenho nomes para essas coisas. Impulso, fome, anseio, desejo, motivação. Chamo de interesse, sede de saber, penso em fome de história e anseio pelo passado, mas esses termos não soam precisos. É uma inquietude aberta, um vazio sem objeto. Levo a minha cadeira ao pátio. Escuto a nespereira. Ela está lá, como se nada tivesse acontecido, tranquila sob a brisa.

Quero saber mais. É uma máquina, uma colheitadeira que pus em movimento. Quero ir adiante. Preparo os meus animais, encilho os cavalos, quero seguir adiante: olho para todos os lados. Me armo de paciência, procuro e guardo.

Sigo os movimentos dos romanos. Sigo-os enquanto constroem estradas em meio à paisagem. Sigo-os rumo às fronteiras, que se alteram ano após ano. Viajo, expandimo-nos, queremos ir adiante. Acompanho o exército em marcha. Caminho na companhia de legionários por todas as direções, com provisões e armas e rebanhos de gado ou de ovelhas. Sigo-os quando acampam ou travam batalhas, quando roubam e pilham e fazem comércio.

Sigo inimigos e aliados. Observo-os de longe. Posto-me no alto de um morro, acompanho as batalhas e junto despojos. Pego um cavalo, uma biga, afivelo sandálias nos pés. Viajo com elefantes, uma viagem pesada, pela neve e pelas montanhas. Sento no litoral, quase invisível, quando os remadores conduzem um navio de guerra por trás de um promontório, primeiro um, depois o outro, e por fim volto e estou em terra firme num litoral tranquilo.

Quero ir adiante, quero arar e colher, quero juntar, quero descobrir, quero saber mais. É uma porta que se abre. Me sinto atraída. O vento sussurra pelo cômodo. O vento nas velas. Um navio que atravessa o mar. Os gritos do timoneiro. Viajamos com uma carga de grãos, uma esquadra de navios a caminho. Penso em ratos e insetos, em piratas e tempestades. Subo no mastro e vejo portos e faróis. Estou junto quando os grãos são pesados e os carregadores transportam os sacos. Navego nos rios, e agora posso ouvir os rumores da cidade. As construções se erguem no panorama. Há gruas, betoneiras e guindastes. O cimento que mantém tudo unido.

Corro ao longo dos aquedutos, ostensivos e orgulhosos. Ouço a água que corre acima de mim, e acompanho-a quando entra nas cisternas, chafarizes e casas da cidade. Observo o esgoto dos romanos, os canos de esgoto cloacal sob as estradas. Quero saber mais. Como tudo foi construído? Como tudo foi inventado? Não, não foram eles os inventores. Esses foram empréstimos tomados aos etruscos, assim como os aquedutos.

Vejo diversas cidades surgirem na paisagem, casas ao longo da costa e várias estradas. Sigo as rotas comerciais, há novas rotas que atravessam todo o império. E além disso há o sal da Anatólia e o azeite da Hispânia. O vinho dos campos ao sul, xarope de frutas e garum transportado em grandes ânforas. E todo o grão do Egito, da Sicília e da Sardenha e de toda a costa norte-africana, todos produzem grãos, que agora vem dos campos da Britânia, e também desde a Mésia na costa do Mar Negro o grão é transportado a Roma.

Ouço os moinhos, puxados por burros, movidos por água, e também os escravizados, sempre os escravizados, e o pão que é sovado, moldado e assado nos fornos da padaria. Vejo os padeiros acenderem os fornos com a madeira de antigas videiras, e agora ando pelos vinhedos, em meio a pátios e propriedades onde os escravizados colhem, plantam e semeiam. Um dos escravizados olha para mim. Aquilo me faz parar. Minhas andanças por lá são uma coisa monstruosa. Sou um monstro que deseja saber mais. Pilho a história daquelas pessoas com dois mil anos de atraso, e não consigo me dar por satisfeita.

Estou junto quando chegam animais selvagens de pontos distantes do império: elefantes, girafas, crocodilos e tigres. Vejo os cavalos no hipódromo, vejo o público chegar para assistir a batalhas entre gladiadores ou então a comédias, mas agora quero ir adiante, porque agora estou acompanhando o correio, as cartas seladas que são enviadas de cidade a cidade, de acampamento a acampamento. Ouço os sons de cavalos e mulas. Sigo as estradas que levam a Roma e ao litoral e às fronteiras do império, mas depois vamos subir as montanhas e entrar nas minas, porque os romanos precisam de metal. O estanho precisa ser transportado, o cobre e o chumbo precisam ser extraídos. É preciso minerar ouro e prata. Vejo os romanos negociarem com comerciantes e transportadores enquanto conquistam novos territórios e alteram as rotas comerciais. As montanhas da Hispânia são mineradas, o ouro é extraído em grandes quantidades e agora as minas de estanho se encontram quase vazias, então precisamos de estanho da Britânia. Surgem buracos por toda a paisagem. Vamos usar terra vulcânica de Putéolos para o cimento. Portos e anfiteatros e banhos surgem por toda parte. O cimento é eterno, Roma é para sempre, e o império não tem limites.

Durante o dia inteiro eu procuro e acho. Entro nas casas, me esgueiro rumo ao interior de quartos e cozinhas. Sinto o cheiro dos pratos que saem da cozinha e como os eventuais restos quando as tigelas voltam para a cozinha.

Não me dou por satisfeita com restos: me indago sobre os segredos do cozinheiro, a técnica do padeiro. Preparo nêsperas ao mel, cozinho molho de frutas com uvas velhas e asso um *panis quadratus*, um pão redondo de fermentação natural que é sovado, moldado e cortado em fatias. Prendo uma corda ao redor do pão, porque sem dúvida era assim que faziam, e o coloco no meu forno.

Descubro pratos e copos, acompanho os ceramistas e os sopradores de vidro. A técnica para a fundição do vidro foi aprendida com os gregos, mas agora os fabricantes de vidro chegam das províncias ao sul, trazem natrão do Vale do Natrão, e logo há sopradores de vidro por toda parte, um cálice de vidro por um sestércio, um dos baratos, porém existem cálices de vários tipos e cores, e eles se espalham por todo o império, que se expande como o próprio vidro soprado, uma tigela, uma bacia, um império que cresce. Vou junto quando os romanos expandem-se rumo ao norte, e agora chegamos às florestas. Vamos usar madeira nos fornos, e acompanho-os entre as árvores. Florestas são derrubadas e transformadas em carvão, que por sua vez é transportado pelas estradas, e logo a noite cai mais uma vez.

Corro o dia inteiro de um lado para o outro, estou resfolegante, e à noite estou cansada de correr atrás dos romanos. Paro, deito na cama e descanso, e antes que eu perceba a noite passou, e a minha busca recomeça.

#981

Os dias se assemelham uns aos outros. Encontro mapas de cidades e ruas. Junto esboços de casas e banhos, teatros e portos. Leio relatos de batalhas e conquistas, disputas de poder, intrigas e assassinatos. Tenho listas de plantas venenosas, exércitos e legiões, tomo notas de vítimas da guerra e curas médicas contra infecções urinárias, fraturas e gota. Procuro imagens de ferramentas cotidianas, roupas e enfeites e tranças ornamentais usadas pelas mulheres.

Encontro cálculos e medidas: as dimensões dos silos de grão e a tonelagem dos navios, a população das cidades e o tamanho das legiões. Encontro números relacionados à produção de vinho e à colheita de azeitonas, a média de consumo de grãos por romano por dia, cálculos sobre a quantidade de vítimas para as epidemias de peste e para o consumo de água nas cidades.

É um coral de vozes: relatos de historiadores, inscrições de todos os cantos do império, grafites nos muros, cartas e discursos e poemas, decretos e leis. Escuto as descrições feitas por viajantes do passado, o sentimento de reverência perante uma construção romana, os olhos fixos no templo e uma alegria misturada ao medo em razão dos vapores do Vesúvio. Ouço as discussões de arqueólogos e os cálculos de economistas, as discordâncias, as conversas nos cantos. Leio sobre antigas pesquisas, verdades conhecidas, novas teorias, as mais recentes descobertas laboratoriais e estranhas especulações.

Já não há mais lugar. Tenho a memória repleta de romanos que correm de um lado para o outro e gritam pelas ruas ou escrevem cartas uns para os outros. Repleta de caçadores de tesouros e agrimensores, construtores e arquitetos que correm para cima e para baixo em meio aos séculos encontrando resquícios do mundo romano. Encontro historiadores e filólogos e arqueólogos, e agora também pesquisadores que estudam correntes marítimas e arqueobotânicos, geogeneticistas, geógrafos marinhos e especialistas em química arqueológica.

Começo a ficar preocupada com tudo o que some durante a noite, e por isso arranjei uma impressora. Tenho papel e pastas, e arranjei estantes para as minhas pastas, e a impressora imprime folha atrás de folha na minha sala. Imagens e artigos, resumos e páginas com anotações variadas. Tenho cartuchos de tinta extras para a impressora, e ao anoitecer imprimo os meus achados. Recolho e guardo tudo em pastas e deito para dormir, e antes que eu perceba a noite passou.

#992

Meus dias são simples, minha cabeça está repleta, minhas noites são tranquilas. Acordo pela manhã e ponho o laptop em cima da cama. Leio livros e tomo notas. Procuro ilustrações e palestras, apresentações, artigos e filmes. Ao longo do dia fico sentada à mesa, e quando o anoitecer se aproxima eu imprimo e levo tudo comigo para a cama, os impressos e as pastas onde os organizo. Nas primeiras noites tudo fica ao lado do meu travesseiro enquanto durmo, e depois na cadeira ao lado. No fim eu precisei de duas cadeiras. Uma para sentar, e a outra para lembrar.

#1021

Descobri uma coisa perturbadora. Não é nenhuma grande descoberta, mas assim mesmo é uma coisa perturbadora: tudo nos romanos são recipientes.

Eles são os recipientes do mundo. Claro que são. Não é isso o que me assusta. Caí num desses recipientes de tempo. Mas tampouco é isso. Porém tudo o que os romanos tocam se transforma num recipiente. Não apenas Anona e o moio. Não apenas vidros recém-soprados, potes e bilhas e vasos romanos. Não apenas as ânforas e tigelas, bules e potes e panelas, utensílios domésticos em couro ou madeira. Não são apenas ânforas de azeite e caldeirões e cestos trançados, esse fluxo constante de recipientes cotidianos que se enchem e se esvaziam enquanto passo o dia entrando e saindo de casas e oficinas em Roma. Pesquiso esses recipientes, observo-os a partir dos mais variados ângulos, pego a tampa de um pote e, ao virá-la, percebo que também é um recipiente. Coloco-a de volta no lugar num mundo cheio de recipientes.

Sigo uma mulher que entra por um portão e de repente estamos num átrio rodeado de cômodos com uma abertura no teto. A casa transformou-se num recipiente onde a luz cai pelo meio e a água escorre numa bacia quando chove. E os blocos de construções nos quarteirões mais humildes são recipientes. Visito esses prédios sem bater, simplesmente entro, são recipientes de vários andares com muros que dão para a rua e apartamentos ao redor de um espaço vazio, um pátio, um duto, um interior por onde a luz pode cair.

Ando em meio aos canteiros de obras romanos, onde recipientes são construídos um atrás do outro — não mais semicírculos e estádios abertos como antes. Tudo ganha paredes cada vez mais altas, os andares se empilham um em cima do outro, os hipódromos ganham muros ao redor e vários andares, os anfiteatros passam a ser círculos fechados, recipientes cada vez mais profundos, o tempo inteiro nos vemos numa banheira, numa lata, num pote. Do fundo eu olho para cima: lá há um espaço aberto. Vejo o céu, estou dentro do recipiente e não consigo sair.

Observo a zona portuária, cada vez maior, e os armazéns dispostos em arco ao longo do cais. O porto tenta conter o mar, como se fosse uma bacia. Os navios não atracam junto a uma costa, um porto aberto, uma baía criada pelo mar. Chegam repletos de mercadorias, esquadras inteiras, avistam terra, colhem as velas e navegam até o fundo da bacia que é o porto: um recipiente com paredes ao redor.

Visito os banhos, onde as pessoas entram em *caldaria* e *frigidaria*, um recipiente atrás do outro, e acompanho-as pelas diferentes salas, entro nas banheiras, nado nas *natatoria* abertas para o céu, o recipiente de uma piscina.

E além disso os templos se transformaram em recipientes. Entro no Panteão, que tem o assoalho claro e bem no alto uma cúpula com um olho que dá para o céu, um imponente *oculus*, e agora também os túmulos, um mausoléu aberto na parte de cima, e depois outro, e mais outro, espalhados ao redor do império, recipientes para a honra dos mortos.

E as cidades, claro. Que as cidades são recipientes não é novidade. As cidades há tempos têm muros, e Roma cresce para além do muro: logo vai ser preciso construir mais um, maior e mais alto. Porém todo o império se transformou num recipiente, o recipiente dos romanos, e os muros delimitam o império. Já existem fronteiras com o sul, e agora os muros também correm ao longo de toda a fronteira norte, na Britânia os muros também se elevam, primeiro a muralha de Adriano, depois a de Antonino, um pouco mais para o norte, e depois o muro se retrai, e é lá que o império para. A Britânia está contida no recipiente. Parada. *Plim!* A imagem está completa.

É isso o que me assusta. Que tudo se transformou num recipiente. O império sem limites ganhou muros, transformou-se numa bacia, numa banheira, e os romanos não avançam mais.

Mas o que pretendem com todos esses muros? Por que parar justo agora? Por que não continuar? Por que o império para de crescer, os exércitos param de conquistar, os sopradores de vidro param de inflar o império, por que amarraram uma corda ao redor do pão, que assim não pode mais crescer?

Quero saber por quê. Procuro respostas, mas caí no recipiente dos romanos, acordo e começo a minha busca, leio e procuro, e quando a noite cai deito para dormir, e antes que eu perceba a noite passou.

#1041

Meus círculos se expandiram. Estive em museus e assisti a palestras. Procuro em meio à paisagem. Visitei o aqueduto que levava a água dos romanos até Colônia. Estive em Osnabrück e Kalkriese, onde Quintílio Varo perdeu trinta mil soldados. Visitei o *Limes Germanicus* e vi as ruínas da muralha que demarcava a fronteira. Viajo ao raiar do dia, mas sempre retorno quando o dia chega ao fim. Sento na poltrona, leio artigos sobe a estagnação dos romanos, encontro novas teorias e pesquisas e desdobramentos de velhas explicações.

Leio sobre Varo, que fez com que suas legiões marchassem separadamente pela Floresta de Teutoburgo quando Armínio, o líder dos queruscos, tinha uma emboscada pronta. Três das legiões foram eliminadas e nunca mais recompostas: as legiões de número 17, 18 e 19 estão lá, e eu me ajeito na poltrona. Surgem falhas nas fileiras, e leio sobre o imperador Augusto, que bate a cabeça contra uma parede: *Quintili Vare, legiones redde,* ele grita. Devolva-me as minhas legiões. Mas Augusto não consegue reaver as legiões, e o Império Romano para, porque Armínio demonstrou superioridade em relação aos romanos, e séculos mais tarde ele de repente se chama Hermann e se torna alemão. Um herói do povo, libertador dos germanos, rei da Floresta de Teutoburgo. Erguem um monumento para honrar-lhe os feitos, um templo romano sem abertura em cima, porque nas alturas Hermann sobranceia, no teto, onde o olho para o céu devia estar.

Mas será que uma potência mundial acaba parada simplesmente porque o líder de um exército cai numa emboscada? Um império enorme não consegue se defender contra povos envolvidos em disputas internas? Sempre houve guerras fronteiriças e derrotas e legiões perdidas. Nada disso impediu a expansão do Império Romano. Hesito e busco outras explicações. Leio sobre alianças e mercado, sobre batalhas e migrações, ouço histórias sobre conflitos internos, sobre doenças e morte, sobre epidemias e falta de mantimentos. Leio sobre exploração predatória da natureza, sobre campos exauridos, sobre a decadência das sementes, sobre a ruína das instituições. Penso em monstros em recipientes. Monstros que devoram o mundo em que vivem. Um historiador acredita que Roma começa a desmoronar de dentro para fora, um colosso com pés de barro, que precisa construir muros para se defender enquanto desmorona. Outro retoma o mito de Armínio e dos germanos, porque, enquanto o Império Romano cresce e prospera, os bárbaros se aproximam do fogo romano, cada vez mais fortes. Não é um reino que desmorona, mas um império poderoso que se defende contra bárbaros fortes e hordas invasoras. A pressão chega do norte, a expansão cessa. Um economista sugere que os muros romanos não eram um meio de defesa, mas um limite, um portal de entrada. Assim os romanos não se sentem ameaçados. Eles sentem o cheiro de lucro. Os povos ao norte desejam fazer parte do comércio e da riqueza de Roma, e Roma constrói muros para exercer maior controle. Agora os romanos podem fazer comércio, regular o fluxo de pessoas e cobrar impostos sobre tudo aquilo que passa. Uma fronteira é uma forma de crescer, e o império cresce por trás dos muros: eleva-se e torna-se mais firme, como um pão recém-assado em Pompeia. Um arqueobotânico fala sobre o comércio de grãos e as mudanças climáticas, sobre fornos recém-encontrados e vestígios de pólen, e de repente parece ter sido o centeio que impediu o avanço dos romanos. Ouço sobre métodos de cultivo e condições para o crescimento das plantas, e a resposta é clara: os romanos chegaram à linha do pão de centeio. As paisagens mais ao norte são frias demais, o cultivo de trigo é difícil, a colheita é incerta e somente o centeio cresce.

Sentada na minha poltrona, leio que os romanos pararam por conta própria. Podiam ter continuado a expansão: não seria necessário um esforço muito grande. Podiam ter recomposto as legiões e conquistado toda a Germânia, mas não fizeram isso porque não havia nada a conquistar. Sem trigo não havia romanos. Armínio poderia ter se poupado o trabalho, porque os romanos teriam parado de qualquer forma. Não foi a batalha de Varo, não foi a possibilidade de impostos e taxas e não foram os bárbaros prontos para o ataque nem um desmoronamento interno que levaram os romanos a parar. Foi o cheiro da padaria, porque o centeio é um grão consumido apenas na mais absoluta necessidade. Esse grão amargo e escuro provoca dor de barriga, mesmo ao ser misturado com espelta, segundo Plínio, enquanto Galeno fala sobre o pão preto feito a partir do centeio: é um pão malcheiroso e ruim para a saúde.

Antonino parou e Anona está lá como o moio, porém o recipiente que tem na mão se encontra vazio, porque ela foi muito ao norte. Levanto da poltrona, ainda sem nenhuma explicação. Seria mesmo possível que os romanos tivessem parado porque o centeio provocava dor de barriga em Plínio?

Sei muito bem: não vou encontrar respostas. O Império Romano tornou-se o meu espelho, e eu entrei nesse espelho e não consigo mais sair. Não sei por que os romanos pararam. Talvez simplesmente não quisessem continuar. Eles pararam e construíram um muro. Porque não queriam seguir adiante. Talvez quisessem apenas morar num recipiente com vista para o céu e para as nuvens.

#1053

Mas eu não me deixo parar: quero seguir adiante. Meus círculos se expandem. Planejo viajar à muralha de Adriano e à muralha de Antonino. Penso em viajar para outras partes do Império, mas começo a notar uma alteração. Leio e procuro, ou então sento à beira d'água ao sol da tarde e fico olhando para os navios que singram o Reno antes de voltar para o pátio com a minha nespereira.

Percebo uma mudança na minha busca. Já não fico mais impaciente. Noto uma curiosidade fria, como se o meu entusiasmo houvesse se arrefecido, não muito, porém o suficiente para que eu passe frio no pátio e leve a cadeira comigo para dentro.

#1064

É outro tipo de empolgação. Um entusiasmo contido. Comecei a andar pela universidade, via de regra em Düsseldorf, mas às vezes vou a Colônia ou às cidades próximas.

Na primeira vez que peguei o *tram* para a universidade eu não consegui encontrar o caminho. Precisei fazer duas baldeações, porque eu havia me perdido. Estive prestes a desistir, mas agora com frequência eu percorro esse trajeto durante a manhã. Preparo a minha bolsa com o laptop, papel, esferográfica e um dicionário. Sento com outros estudantes no vagão do *tram*, seguimos rumo à entrada, assisto a palestras, não apenas sobre romanos, mas também sobre o comércio de azeite em Micenas, sobre a agricultura dos francos, sobre as instalações portuárias dos gregos, sobre medicina antiga ou ainda sobre o colapso da idade do bronze no Oriente Próximo. Ouvi coisas a respeito de migrações pré-históricas, naufrágios recém-descobertos e doenças que atacavam lavouras de grãos na Idade Média.

É estranho andar em meio aos vivos depois de todo o tempo passado em meio a romanos mortos. Ando com passos lentos, mantenho-me no fundo do auditório, entro na fila da máquina de café e caminho entre as estantes da biblioteca. Faço perguntas cautelosas para a pessoa ao meu lado, em inglês e em alemão hesitante, e meus colegas dão respostas pacientes, um professor esclarece um detalhe, uma bibliotecária me acompanha em meio às estantes para encontrar um livro que eu quero ver.

No começo tudo era desconhecido. Eu me sentia meio à parte no meio dos estudantes com capas de laptop e mochilas, muitos com roupas informais, como se estivessem em casa. Andei de um lado para o outro como uma viajante, com o casaco no braço e a bolsa pendurada no ombro. Me sinto nua sem a bolsa, e mesmo que eu pudesse deixá-la no apartamento, trago-a comigo.

Depois vejo outras pessoas que também parecem deslocadas: pessoas com casacos e bolsas de viagem, alunos mais velhos do que os outros. Percebo um movimento hesitante, um olhar perscrutador, e de repente a sensação de ser uma intrometida fica para trás. Ando por lá com um sentimento de familiaridade, encontro auditórios e salas de aula, quase como se eu pertencesse àquele lugar. Conheço os funcionários da cantina, os acontecimentos diários e o fluxo de estudantes pelos corredores. Durante uma palestra o palestrante tropeçou num fio, e agora tomei por hábito passar em frente ao local quando chego e trocar o fio de tomada antes de ir para outra palestra ou outro seminário.

Contenho a minha curiosidade. Ando com cautela em meio aos vivos. Não mexo nas bolsas deles, não folheio as anotações deles. Não leio as correspondências deles. Não os sigo dentro de casa e não tomo banho nos banheiros deles. Não tiro fotos das joias deles, nem mexo em sapatos. Não é assim que se faz. Talvez você possa se inclinar em direção a um cachecol ou a um livro deixado para trás, mas você não examina a comida dos outros nem se pergunta por que amarravam uma corda ao redor do pão.

Me espelhei nos romanos, e agora quero sair do meu espelho. Me vejo nas vitrines das lojas quando saio para caminhar à tarde. Passo em frente ao restaurante na Wiesenweg e vejo os clientes nas mesas. Às vezes eu entro. Sento em meio aos vivos. Cumprimento-os, mas não pergunto nada. Volto ao meu apartamento, leio e busco, imprimo uma página ou duas, deito na cama e antes que eu perceba a noite passou.

#1081

Hoje vi o ladrão na bicicleta. Ou pelo menos foi o que achei. Apressado, descendo a Wiesenweg. Ou melhor, eu o ouvi, porque foi o som da bicicleta que me levou a olhar.

Aconteceu no início da tarde: saí às compras e tinha acabado de pisar na calçada quando ouvi aquele sacolejar, uma bicicleta que precisa de manutenção, um para-lama torto ou uma correia enferrujada. O ciclista passou depressa e segui por toda a extensão da Wiesenweg em direção ao rio. Levei um instante para identificar o som e associá-lo ao vulto na bicicleta, porém, logo que me ocorreu de onde eu conhecia aquele som, comecei a correr pela Wiesenweg. Corri o mais depressa que eu podia, com a bolsa no ombro, ao longo dos carros estacionados, e o tempo inteiro eu tinha o olhar fixo no ciclista mais à frente, mas seria impossível alcançá-lo, e em pouco tempo eu não via mais do que uma silhueta ao longe.

Parei, sem fôlego, e logo fui tomada pela dúvida. Seria mesmo aquele o ladrão na bicicleta? Eu não tinha visto as cores do time local, então talvez eu houvesse me enganado. Mesmo assim, continuei. Me apressei em direção ao rio e comecei a andar de um lado para o outro junto à margem, numa busca nervosa, mas naturalmente o ciclista já tinha desaparecido.

Ainda sem fôlego, sentei num banco à margem do rio, de repente tomada por um sentimento de tristeza, de perda, de saudade. No início senti como se a causa dessa tristeza fosse o desaparecimento do ladrão. A possibilidade de falar com ele. Mas não sei sobre o que eu falaria com ele. Talvez eu perguntasse por que tinha roubado a minha bolsa. Mas eu já a tinha pegado de volta muito tempo atrás. Eu a tinha comigo. Não faria diferença nenhuma. Mas de repente pensei no meu bloco de anotações desaparecido, com todas as minhas estações. *Ladrão, me devolva as minhas estações*, senti vontade de gritar. Como se houvesse o que encontrar num bloco de anotações repleto de inverno e primavera e verão. Não quero as minhas estações de volta. O que vou fazer com estações feitas com fragmentos de novembro?

Pensei em Thomas quando sugeriu que eu fosse a Paris sozinha, e em Philip e Marie, que me despacharam com uma moeda romana numa sacola. Pensei nos meus pais e na promessa que fiz à minha mãe: a de que eu encontraria um caminho simplesmente ao escutar. Pensei nos viajantes em trens, nos meus pequenos roubos de conversas alheias, mas sei muito bem que não adianta escutar.

Pouco depois levantei do banco e peguei o caminho de volta para o apartamento. Fiz as compras num pequeno supermercado no caminho, e em frente às prateleiras refrigeradas peguei duas latas de cerveja e as pus no meu cesto. Eu tinha sentido uma vontade repentina de ir ao estádio e assistir à partida de futebol, mas assim que saí do supermercado perdi a coragem ou o interesse ou o que quer que fosse aquilo que eu perdi. Já sei o resultado. Sei quem ganha e sei quem perde, e quando a partida chegasse ao fim eu estaria lá outra vez. Num recipiente com vista para o céu e para as nuvens.

Quando pouco depois fechei a porta do meu apartamento, fui recebida pelo ar viciado. No corredor havia um saco de lixo. Na mesa da cozinha havia pilhas de pratos e xícaras com manchas de café. Havia saquinhos de chá usados e recipientes com restos de salada no fundo. Havia dois potes com iogurte ressecado, e por toda parte havia livros e papéis e cartuchos de tinta usados, e em cima da mesa estava o sestércio romano.

Peguei-o da mesa, virei-o, senti o peso do metal na mão, um resquício da minha busca romana, deixado em meio a cartuchos de tinta e xícaras não lavadas, ao lixo de Tara Selter — ainda viva e ainda presa no dezoito de novembro.

Atravessei a cozinha e abri a porta que dava para o pátio com a nespereira. Levei a cadeira para o pátio, peguei uma cerveja gelada e de repente não pude deixar de rir, primeiro uma risada hesitante, porém logo alta, e tive certeza de que a minha risada podia ser ouvida no pátio e nas varandas ao meu redor, mas não importava. As pessoas podem rir quando se encontram no fundo de um recipiente com vista para o céu e sabem que nunca há resposta quando nos perguntamos como chegamos aonde estamos.

#1106

Minha busca já não é mais uma fome, não é mais um anseio ou uma necessidade. Ando por auditórios e cantinas, museus e bibliotecas, e volto quando o dia chega ao fim. Entro no apartamento e sei muito bem: não encontro as explicações que procuro. Encontro novas perguntas e novas respostas.

Ando pela cidade. Não vi mais o ladrão na bicicleta. Por duas ou três vezes saí correndo pela cidade, imaginando que eu tinha ouvido uma bicicleta sacolejante, mas não havia ladrão nenhum.

Escuto o vento e a nespereira no pátio. Escuto os cliques leves do teclado do laptop, porque estou sentada com um maço de papéis da minha pasta preta com elástico, todas as folhas soltas que escrevi em Clairon e Paris, nas minhas estações, na minha jaula dourada, no meu recipiente romano.

Escrevo tudo no computador em fonte pequena, e à noite imprimo tudo. Escuto a impressora que despeja folha após folha na sala, minha história, uma história, a história de alguém, e escuto a minha história enquanto a escrevo, porque de repente sinto medo de perder tudo para um roubo ou incêndio, para o esquecimento ou desaparecimento, porque não há mais ninguém para lembrar, e de repente há apenas restos: potes de iogurte vazios e um recipiente com salada velha.

#1132
Contei os dias, e agora penso nos marmelos caídos sob o arbusto no pátio, porque logo é Natal. Eu poderia voltar e contar toda a história outra vez, agora com estações e romanos. Poderia dizer que não encontrei uma saída do dezoito de novembro. Que eu encontrei recipientes, um após o outro. Que o tempo é um espaço, uma banheira na qual eu caí.

Mas não sei ao certo se quero sair do meu recipiente. Talvez eu fique por aqui. Talvez eu seja como os romanos. Talvez eu mesma tenha construído o meu recipiente.

#1141
É Ano-Novo outra vez, mas o inverno não chegou. Tudo está amarelo e quente, e eu sentei no pátio, na minha cadeira, mas afora isso não tenho nada a contar. Meu pátio está em silêncio, porque não há ninguém para rir. Eu até que tento, mas a minha risada quase não faz som.

#1144
Jamais uma pessoa deve dizer que não tem nada a contar. Ou que não há ninguém para rir. São quinze para as nove. Estou sentada no lugar de sempre no Café Möller, e as coisas que tenho para contar são muitas enquanto o tempo que tenho

para contá-las é pouco, porque tenho um encontro. Tenho uma pessoa a encontrar.

Cheguei cedo, e já pedi um café. Combinamos de nos encontrar na mesa ao lado da janela às nove horas, e isso é uma coisa que eu tenho para contar. Não se trata de romanos, ou talvez se trate, mas se trata também de uma pessoa com uma bolsa. O nome dele é Henry Dale, mas eu não sabia. Havia muitas outras coisas que eu não sabia. Que ele está preso num dia de novembro, por exemplo. O dia dezoito. Que eu não estou sozinha.

Olho para o relógio. Daqui a pouco vou descobrir. Se ele se lembra do nosso combinado. Caso ele apareça.

Não, agora. Eu já sei, agora. Eu o vejo pela janela. Está vindo em direção ao Café Möller. Henry D. está a caminho, e tenho mais coisas a contar, porém não agora, porque ele já está na porta, ainda não me viu, mas a porta se abre, há uma sineta que retine, e vejo quando ele entra.

Om udregning af rumfang II © Solvej Balle, 2020
Publicado mediante acordo com Copenhagen Literary Agency ApS.
Edição brasileira publicada mediante acordo com
Casanovas & Lynch Literary Agency.

Todos os direitos desta edição reservados à Todavia.

Grafia atualizada segundo o Acordo Ortográfico da Língua
Portuguesa de 1990, que entrou em vigor no Brasil em 2009.

capa
Luciana Facchini
foto de capa
Daria Piskareva
preparação
Mariana Donner
revisão
Paula Queiroz
Eloah Pina

Dados Internacionais de Catalogação na Publicação (CIP)

Balle, Solvej (1962-)
  Sobre o cálculo do volume II / Solvej Balle ; tradução
Guilherme da Silva Braga. — 1. ed. — São Paulo :
Todavia, 2024.

  Título original: Om udregning af rumfang II
  ISBN 978-65-5692-681-0

  1. Literatura dinamarquesa. 2. Romance. 3. Ficção
contemporânea. I. Braga, Guilherme da Silva. II. Título.

CDD 839.81

Índice para catálogo sistemático:
1. Literatura dinamarquesa : Romance 839.81

Bruna Heller — Bibliotecária — CRB 10/2348

todavia
Rua Luís Anhaia, 44
05433.020 São Paulo SP
T. 55 11 3094 0500
www.todavialivros.com.br

*Esta edição contou com o apoio
da Danish Arts Foundation.*

fonte
Register*
papel
Pólen natural 80 g/m²
impressão
Geográfica